社会万花筒之中国好故事系列丛书

缤纷人世间·精彩好故事

我的美丽妈妈

於全军 著

中国书籍出版社
China Book Press

图书在版编目（CIP）数据

我的美丽妈妈 / 於全军著. —北京：中国书籍出版社，2016.8
ISBN 978-7-5068-5796-3

Ⅰ.①我… Ⅱ.①於… Ⅲ.①故事—作品集—中国—当代 Ⅳ.①I247.81

中国版本图书馆CIP数据核字（2016）第211095号

我的美丽妈妈

於全军　著

丛书策划	尚东海　牛　超
责任编辑	牛　超
责任印制	孙马飞　马　芝
封面设计	越朗工作室
出版发行	中国书籍出版社
地　　址	北京市丰台区三路居路97号（邮编：100073）
电　　话	（010）52257143（总编室）　（010）52257140（发行部）
电子邮箱	eo@chinabp.com.cn
经　　销	全国新华书店
印　　刷	北京一鑫印务有限责任公司
开　　本	787毫米×1092毫米　1/32
字　　数	220千字
印　　张	8
版　　次	2017年1月第1版　2017年1月第1次印刷
书　　号	ISBN 978-7-5068-5796-3
定　　价	24.80元

版权所有　翻印必究

总　序

　　《社会万花筒之中国好故事系列丛书》是当代一流故事作家的精选作品集。其中，部分作家曾获"中国民间文艺山花奖·民间文学奖"（中国民间文学最高奖）和其他故事界全国性大奖；所选作品，是作者本人从《故事会》《新故事》《百花悬念故事》《上海故事》《今古传奇》等畅销故事杂志选粹而来的，并被《读者》《意林》《青年文摘》《特别关注》等杂志反复转载，还有些作品入选进中小学语文阅读教材。

　　故事是常见的文学体裁，它以叙述曲折、有趣的事件为主，强调情节的生动性和连贯性，语言通俗、活泼，较适于口头讲述，深受大众喜爱。故事以反映社会现实、映照大众心理见长，通过那些精彩、动人的故事，我们可以了解丰富多彩的大千世界，见识光怪陆离的人情百态，学习历久弥新

1

的人生智慧。

《社会万花筒之中国好故事系列丛书》所选故事作品的主要特色，一是具有超强的可读性。该丛书所选作品，大部分选粹于《故事会》等国内畅销的故事杂志，情节跌宕起伏、扣人心弦，让人欲罢不能。二是取材广泛，通过生活中偶发的、片断的事象，展现比它本身广阔得多、复杂得多的生活，在绘声绘色的叙述中让读者受到教益。三是语言风格通俗平易，适于口耳相传。故事作品往往通过通俗的语言来传递某种知识或价值取向，让读者不但乐意接受、容易接受，而且记得住、传得开。

而本丛书的上述主要特色，正是中小学素质教育中不可或缺的：

这套具有纯正中国民间"血统"、独具民族特色的故事丛书，植根于中华民族深厚的人文土壤，有益于增进青少年对国家、民族和传统文化的热爱，增进文化底蕴和艺术修养；

这套丛书内容涉及的时间跨度大——纵览古今，展现的生活领域广——横跨三百六十行，有益于青少年开阔视野、丰富阅历、辨别善恶、启迪智慧、砥砺意志，提高社会适应能力和观察分析能力；

这套丛书富含亲情、感恩、博爱、友善、求知、敢于担当、进取向上等正能量元素，崇尚优秀道德情操，弘扬人间正道，这有益于启迪青少年的人性自觉、心灵自悟和灵魂陶冶，引导其追求崇高的理想，向往和塑造健全完美的人格……

与课堂上"素质教育"不同的是，上述教益，不是通过干巴巴的说教，而是从富于知识性和哲理性的故事情节中传递出来的。对于社会生活经验不足，思想和行为可塑性强，易于被感染的青少年而言，可以在兴趣盎然的阅读中潜移默化地得到精神陶冶，进而塑造和形成正确的人生观和价值观，成长为中华民族伟大复兴的有用之才。

编　者

内容提要

  本书是著名故事作家於全军先生的中短篇故事集。所收录的皆是作者近年来创作的最传奇、最精彩、最能打动读者的作品。篇幅有长有短，情节曲折离奇，时代跨度大，地域涵盖广。精短故事秉承现在比较流行的快餐形式，篇幅短小，力求以小见大，想象力雄奇。现代故事部分不但情节独特，语言精到，更能结合现实中的人文历史和风俗习惯，展示当下社会风貌。另有一些中篇故事，情节环环相扣，富有趣味，给人以猜谜解谜的快感。

目 录

老妈打来"响一声"	1
戴大口罩的男人	5
园林的叹息	10
真情道具师	17
飞天舞	28
观察者	35
我的美丽妈妈	42
你向谁求婚	47
如此白大褂	52
伤心糖葫芦	57
整蛊大王吃活鱼	60
会动的雕塑	63

教授的赌局	68
民国木偶师	75
天桥街头驴打滚儿	84
谁来陪我吃晚餐	91
鼓乐齐鸣乐器街	98
贡橘的警告	105
拉萨之吻	111
滨海县的大赛真稀奇	118
茶振民族魂	123
和美丽同行	132
遭遇上流社会	138
俄罗斯套娃	144
不做老大已多年	152
六十五年回家路	162
无泪的英雄	176
高考四十八小时	186
疯狂的楼倒倒	201
探访落洞女	215
谢谢你还我的脸	228

老妈打来"响一声"

阿成离开家乡到城里打工，本想找个工作，没成想工作没找到，还误入歧途，当上"钳工"了。说起来他也有难言之隐，老妈一个人生活在乡下，多想儿子挣回钱孝敬啊，脸上也有光彩不是？阿成赚钱心切，结果就干上这一行了。

这一天，阿成上了公交车开始"上班"了，现在是早八点，上班的人多，所以公交车上挤得满满当当，他好不容易才挤上去。

站定脚跟，他就盯上前面一个小伙子了，这位小伙子的后裤兜凸出一块，估计是个钱包。用他们"钳工"的行话讲，掏裤兜叫"挖地雷"，阿成慢慢挤过去，伸出两个手指，就要下手，忽然，阿成的手机响了一声。手机铃声多大啊，阿成慌忙收了手，转过身打开手机看，这一看，发现是老妈打来的，而且一打来就挂断了。

为什么挂断呢？这是阿成和老妈以前约好的"响一

声"。当然这个"响一声"不是诈骗,而是因为老妈舍不得长途话费,阿成就说了:"您以后有事给我打电话,响一声就挂断,然后我给您打过去。我的手机有套餐,长途短途一个样。"闲话少叙,阿成立马给老妈打过去,可是奇怪了,老妈那边也不接,光响铃不说话!

阿成有点火大,怎么早不响晚不响,就在这个节骨眼上响呢?一琢磨,估计是哪家小孩子玩老妈的手机,误按了一下,先不用管她。想到这里,他又开始找那个目标,"地雷"还没挖出来呢,他可不愿意就这么收工。可是左找右找,嘿,小伙子刚才下车了!

阿成只好寻找下一个目标,不多时又锁定一个女士。这位女士胳膊上挎个小包,拉链没拉紧,露出里面的手机来。阿成一瞧,就知道这手机不便宜,于是又慢慢挤过去,用行话来讲,偷挎包里的东西叫"起炸弹"。

可还没挨到"炸弹"的边呢,阿成的手机又响了起来。阿成这个气,缩回手愤愤地看手机,结果发现,还是老妈打来的"响一声"。他立马拨回去,那边还是不接!

阿成有点心神不定,难道是老妈把手机揣衣兜里了,不小心按了一下?可是为什么不接呢?别看老妈岁数有点大,可是身体好,上回还风风火火来城里看自己,眼不聋耳不花的,不会听不到手机铃声。

就在阿成思前想后的时候,那位女士也下车了。尽管心有疑虑,阿成想该干活还得干,拿眼一扫,又盯上一个中年人。这位中年人上衣没系扣,露出里面的口袋,嗬,鼓鼓囊

我的美丽妈妈

囊一大叠现钞。阿成不由暗喜,这回位置高了,难度大了,不过回报也大啊,不下手不行!

这种高难度的活儿也有个行话,还怪吓人的,叫"炸飞机"!阿成又开始往前凑,可刚挨到"飞机"的边,手机又响了,而且还是老妈的"响一声",打过去还是不接!

这一回,阿成可没敢耽搁,立马下了公交换长途,要往几百里外的老家赶。一路上他是胡思乱想,暗道十有八九老妈得急病了,倒在家里动不了,这才给自己拨了电话,可是有力气拨,却没力气接,这才连续三次不接自己的电话。

等他赶回家,到家门口一看,只见门上铁将军把门,老妈不在。阿成有家里的钥匙,他开门进去,只见家里地面没有清扫,桌子没有擦,到处一片凌乱。

阿成心里不由咯噔一下,他知道老妈一向爱干净,就是出门也要把家里收拾得整整齐齐干净利落,这是出了大事啊。出了什么事呢?他忽然想到,怎么自己正好要得手的时候,手机就响起来了?而且一连三次,哪有这么巧的事?他不由想起了前天看的鬼故事,会不会老妈已经出了意外,这是鬼魂来劝自己改邪归正?

一想到这里,阿成就有点心跳加速了,他是含泪发誓:"老妈,就凭您走了还惦记着我,我也不能再偷东西了!"就在这时,阿成的手机又响了,他一接,嗬,老妈打来的,不过这回可不是响一声,而是传来老妈的声音:"阿成你个兔崽子,我听城里回来的邻居说,你走上了歪路,连家都顾不上整理就去城里找你,正好在公交车上碰上了,我把手机

3

改成了震动,挤在人堆里提醒你三次。还好,你总算是悬崖勒马!"

阿成急忙叫起来:"老妈,你在哪里?没出事吧。"这一回手机没声音,屋外倒传来声音了:"我在家门口呢,在长途车上你老是魂不守舍的,我坐你座位后头愣是没发现!"

戴大口罩的男人

丽丽在一间很偏僻的储蓄所上班。因为非常小，门口连台取款机都没有，顾客要想往银行卡里存钱取钱，就得去丽丽的柜台前办理，所以丽丽的工作格外繁忙。

这天，丽丽接待了这么一位存钱的顾客。个子不是太高，但是身材结实，说话闷声闷气的。让丽丽奇怪的是，现在明明是热得能把地面烤出油来的酷暑天气，这位偏偏戴着一个大口罩，把一张脸遮了个严严实实。丽丽见状不由想起电视里抢银行的那些镜头了，这里位置偏僻，可别出事啊。

这位顾客口气倒挺和善："您好，我往银行卡里存两千块钱。"说着填了单子，然后连同现金递了进来。丽丽接过来，看看单子跟现金都没问题，就麻利地给他办了手续。因为感觉好奇，她就暗暗记下了这位存款者的名字，张强，还有银行卡户主的名字，孙海英。

过了几天，有位大妈拿着银行卡取钱来了。老人爱唠叨，明明和丽丽素不相识，还是说着："我家就住在附近，儿子张强上个月由本地调到北京上班去了，他每月都从北京给我打钱，我从这里就能取到，有你们银行真是方便啊。"

听完这话，丽丽看了一眼大妈的账户，这位大妈正是叫孙海英。她心里不由就升起两团疑云，一个是大口罩，哪有大热天还戴这个的？另一个就是，明明张强是从本地打款，为什么告诉他妈妈是在北京上班，从北京打的款？

大妈取完钱出门，就到储蓄所下班时间了。这时丽丽的男友大刚开着车来接丽丽，她就把刚才的事说了。大刚是这一带的片警，一听就提高了警惕，他取出笔记本联网一查，说张强这个名字倒没什么问题，不是通缉犯，可为什么怕别人看到他的脸呢？忽然，大刚一拍脑壳，说："我想起来了，上个月本地棉纺厂起了火灾，是不是跟这个事有关？"

就在上个月的一天晚上，有个小偷趁保管员不在，撬开棉纺厂仓库的大门，偷了不少棉纱。你偷就偷吧，临走时，还扔了个烟头，结果起了大火，造成上百万的损失。这还是正巧有个下夜班的工人看见了，慌忙带头进去救火，不然损失更大。小偷出棉纺厂大门时，被门口的摄像头拍了面孔，于是警方就发出图片，缉拿这个肇事的小偷。大刚的推测就是，这个戴口罩的叫张强的男人，会不会就是那个小偷？因为怕认出来才戴了大口罩，又怕泄漏行踪，才故意告诉他妈妈调到北京上班了。

想到这里，大刚一阵高兴，看来这回能捉到一条大鱼！他吩咐丽丽，明天一上班就查一下孙大妈和这个张强的身份证号，然后联网找到住址，不怕他不落网。

第二天一上班，丽丽还没开始查找张强的身份证号呢，张强竟然又来了。这回他还是戴着大口罩，还是往孙大妈的卡上打钱，就是金额少点，五百。张强一出银行的门，丽丽就给大刚打了电话，大刚吩咐他："你先悄悄跟着他，看去哪里落脚，我随后就到！"

就这样，丽丽就悄悄跟上张强了。张强毫无感觉，径直朝前走，才五六分钟的步行路程，就上了一座居民楼。丽丽悄悄跟着他进了楼梯，亲眼看着他进了302室，然后关了门。

不大会儿身穿便衣的大刚也到了，不过只他一个人。丽丽觉得有点人单势孤，大刚说："放心好了，我得过散打冠军，再说这个张强也只是形迹可疑，人来多了也不好。"见他这么说，丽丽只好指了指302的门，问他怎么进去。

大刚有办法，让丽丽上前敲门。不多时，戴口罩的张强开了门，不过没开防盗门。大刚让丽丽掏出她的银行工作证，说："您好，我是附近储蓄所的工作人员，刚才您存钱的时候出了点差错，请让我们进去核对一下。"张强刚才是见过丽丽的，又有工作证，便把防盗门打开了。

丽丽在前，大刚在后，两个人就进了屋。就在大刚和张强一错身时，大刚装作漫不经心地，右手伸到左胳肢窝下面，轻轻一带，就把张强戴的口罩摘下来了。这是因为，张强只是形迹可疑，如果强令摘口罩，人家根本不是那个小偷，那多尴尬啊。这样来一手，大刚就可以借口是不小心挂下来的。

口罩一摘，大刚和丽丽四只眼珠子就都瞪大了，原来张强满脸都是烧伤，可谓惨不忍睹。不过看轮廓，根本不可能是那个通缉的小偷。大刚慌忙道歉："对不起，我是无意的。"不过看张强的神情一点儿也没生气，只是把一根手指竖到嘴跟前，"嘘"——了一声，意思是阻止大刚说下去。然后侧耳朝隔壁301听了听，只见那边有很清晰的穿鞋声，脚步声，然后是门开声，皮鞋敲地声，看来隔壁的人是下楼走了。

直到这时，张强才长出一口气，说："两位请坐，究竟出了什么差错？"大刚见张强不是那个小偷，就不好意思地摸摸头："我是派出所的民警，因为你大热天戴着大口罩，明明是从本地打的钱却对你妈说是北京打的，我怀疑你就是上个月棉纺厂的火灾的纵火者，所以才揭了你的口罩……"

张强连忙摆手："没事没事，不过我的伤还真跟那场火灾有关，不过不是点火的小偷，我是带头救火的那个夜班工人啊。"

原来上个月张强下夜班回家，就见棉纺厂仓库里浓烟滚滚，便喊人起来救火，还带头冲进去救火，脸上的烧伤就是这个时候留下的。

这时丽丽想起了那两个问题，就问了："可是您——"

张强说："我爸死得早，我一向是跟我妈住在一起的，我妈有严重的心脏病，医生讲千万不能让她伤心，不然可能有生命危险。我想如果让她看见我这个样子，怕有危险，出院后就始终没敢见她，也没敢告诉她这事，只是打电话告诉她，我调到北京上班了，每月给她的银行卡上打生活费。不

我的美丽妈妈

瞒两位,我妈就住在隔壁301,因为她有病,我不敢真的离开啊,就租了这间隔壁的房子。这面墙不隔音,我得随时留心隔壁的动静,一有不对就过去抢救。"

原来是这样啊,大刚和丽丽对张强都肃然起敬,这位不但见义勇为,而且还是大孝子,难能可贵。可是万万没想到,这时门一开,孙大妈走了进来,她接连几步走到张强面前,直瞪瞪地看起了儿子烧伤的面容!

有人就要问了,孙大妈怎么进来了?原来她刚才是下楼修鞋去了,下去的时候穿皮鞋,有脚步声,到了摊子上,修鞋师傅说这鞋一时半会儿修不好,她就先穿了一双拖鞋上楼来,脚步声很低,张强他们就没听见。结果到了302门口,孙大妈就听见儿子的说话声了,一下子就了解了事情的来龙去脉,而且门只是虚掩着,就走了进来。

这下子不但张强,大刚和丽丽都紧张上了,老人家有病,可千万不能伤心,可别出什么事。没想到孙大妈顿了半晌,慢慢说出这样一句话来:"妈是有心脏病,但是你出了事,妈可没感到伤心啊,妈是自己告诉自己要坚强,要和儿子一同渡过难关!放心,妈不会有事的,妈会凑钱给你做整容手术!"

后来的整容手术很顺利,也很成功。因为政府给张强发了见义勇为奖金,棉纺厂也给了一笔奖励,又是专家主刀,基本没留下什么疤痕。让大刚和丽丽感叹的是,什么才叫母爱。其实儿子一旦出了事,母亲的第一反应,不是伤心,而是一定要帮儿子渡过难关的坚强。

园林的叹息

园林休闲会所开业没多久,马经理就遇上了一件烦心事。原因是有个老学究张教授,常常在报纸上指名道姓地拿自己这个会所说事。说什么不能借历史古迹开楼堂馆所,不能靠出卖老祖宗赚钱,等等。他这么在报纸上一登,来的客人还真见少,你说马经理能不急吗?

不过事情很快有了转机,园林管理处的牛主任给他出了个好法子,就是赞助著名老导演,冯导的一部清宫电视剧,把这个园林当成外景地,拍摄几组镜头。要知道休闲会所和真正的清代园林只有一墙之隔,牛主任对他面授机宜:"小马啊,到时候一定想办法把冯导从园林拉到你这里,好好拍几场戏!到时候你就贴个牌子,某某电视剧拍摄地点,以后还怕没客人来吗?"马经理一听是连连点头。

这天,马经理就得到牛主任传来的消息,说冯导带着剧组下榻到了附近一家酒店,马上就要开拍了,赞助的事,

我的美丽妈妈

他已经跟冯导谈过了。马经理急忙向牛主任要了冯导的手机号,一个电话打过去,说明自己是园林休闲会所的马经理,特地请他来会所吃个便饭。其实冯导以前没见过马经理,赞助的事是牛主任出面谈的,但人家既然出赞助,冯导也不好不来,就答应马上过来。

才十几分钟,休闲会所就走进一位挂着"某某摄制组"胸牌的老者。马经理一看眼前就是一亮,这位老爷子头戴鸭舌帽,捂着一副蛤蟆镜,再加上胸前飘拂的大胡子,好一副大导演的派头啊。他急忙上前欢迎:"冯导您来得真快,我们都准备好了,现在就入席吧。"

老爷子听了就是一皱眉:"我是——"马经理连忙打断:"您说您是想去园林拍戏,不在我们休闲会所是吧?其实啊,"他凑近老爷子的耳朵边上,"冯导,我们这个休闲会所本来就是园林一部分,后来分隔开专门搞活经济的,保证是原汁原味的清朝味道!"

老爷子还要说什么,想了想就摇起了头,说:"我看你们会所的这些梁柱彩绘,确实是清朝园林的古迹,只是被你们改得太厉害,变成四不像啦。不成,我还是去旁边的园林看看去吧。"说完了就要往外走,可把马经理急坏了,心说你既然要收我们的赞助费,怎么还去别处啊?得,咱先露一手吧。想到这里他一拍巴掌:"上菜!"

就听弦乐声一起,从里间袅袅婷婷走出四名宫女来。每个宫女手上都端着一盘菜,轻轻往八仙桌上一放,然后一转身,站到屋子四角。随即又走出两个太监,拿着拂尘四处甩了甩，捏着公鸭嗓子说："请皇上用膳！"

老爷子看着直乐："马经理，你们休闲会所怎么还有这个？"马经理得意地一笑："冯导，这就是我们园林休闲会所的特色，清宫御膳。现在人们不都喜欢个穿越吗？相传我们这里，当年乾隆爷下江南时都住过，配上这些宫女太监，顾客感觉就像到了清朝一样。"

说起了乾隆下江南，老爷子来了兴致，他落座在八仙桌旁，对着马经理微微一笑："我们这次拍戏，正是要拍乾隆下江南一段，剧情参考了你们隔壁园林的历史传闻：他老人家来到这个园林，园林之主是个大盐商，当然要奉承一下乾隆，除了准备好最好的用品外，还专门请人造了一把金丝楠木的龙椅。可没想到，乾隆爷见了椅子，不但没有赏赐大盐商，反而举起龙椅一顿痛砸！你道是为何？"

别看马经理就在园林边上办这个休闲会所，却对清朝掌故一概不通，只好胡乱猜测："是不是龙椅造得不好？"老爷子摇头道："不是，其实这里牵扯到乾隆为什么要下江南的传说。我们之所以要到园林拍戏，是因为听说园林那边正展出一把金丝楠木龙椅，皇上坐没坐过不知道，却是真正的古物啊，只有它才能拍出历史的味道，对不起了。"

马经理这个急啊，说半天还是要去那边园林拍，这哪成呢？他慌忙站起来，说："别，咱可以把龙椅借过来啊，不瞒您说，园林管理处牛主任是咱二舅。"得，一急把这话都说出来了。

马经理立马打电话，跟他二舅想借龙椅一用。牛主任一听在电话里就对他一顿臭骂,这也是能借的吗?骂归骂,最后还是答应派人把龙椅送过来。

园林跟休闲会所只是一墙之隔,也就是喝一杯茶的工夫,就有一辆车拉着龙椅开了过来。车一停,四个小伙子就都戴上白手套,要慢慢往下抬龙椅。这时老爷子过来,拿出一块绒布,对着龙椅的侧面一擦,脸色就变了:"这龙椅是高仿的吧,拿这个糊弄我?"

原来金丝楠木造的家具有个特点,就是切面带有金丝状的花纹,灯光一照金灿灿亮晶晶的。这样的家具一般是不上油漆的,因为原始木纹才是最漂亮的。可现在老爷子用布一擦,坏了,木纹掉下去了一半。你想木纹能擦掉吗?自然是假货。

老爷子甩袖子就要走,马经理的汗都下来了:"您听我说,走,咱们到里面说去。"到了里间只有他们两个人时,马经理说了实话:"其实吧,展出的这个确实是假的,真的也在,只是——"老爷子就说了:"只有真金丝楠木的龙椅拍痛砸这场戏效果才好,当然是假砸。只要你能拿出来,我就安排你个角色,嗯,你演个太监挺像的。"

马经理一听这个高兴,也没听出话里的讽刺味道,暗想就咱这样的也能在屏幕上露回脸啊,激动得捏起了公鸭嗓:"咱家去打个电话,真龙椅没问题!"

这回电话还是打给了他二舅牛主任,双方声音都压得很小,不过很快就打完了。马经理对老爷子说:"您跟我来,龙椅就在楼上!"

二楼的一间储藏室打开，果然露出了一把真正的金丝楠木龙椅。只是上面落满灰尘，连金丝木纹也不太明显了。老爷子看得都有点哆嗦，他用布小心翼翼地抹去灰尘，然后抚摸着这些花纹说："没错，就是它。能告诉我吗，为什么它会在这里？"

马经理摸摸头，说："这也是我二舅的意思，他说椅子放这里就是镇店之宝，可以用这个招揽顶级顾客来欣赏。展出的那个用假货就可以了，一旦上面有专家来检查，只要事先偷偷换过来就行。"老爷子轻轻一笑："如果上面始终没人检查，龙椅不就是你们的了？虽然这个不一定真的跟乾隆有关系，就凭是金丝楠木的老家具，也值不少钱啊。"马经理挠挠头皮，没说话。

说话间，老爷子从包里拿出个照相机来，要马经理换上一身太监服，然后说："我先给你拍个定妆照吧，就站在龙椅旁边！"马经理这个美啊，摇头晃脑摆开了姿势，听任老爷子一阵咔嚓。不料才拍三张，一个人就怒冲冲走进来，指着老爷子问："你到底是谁？拍照片做什么？"

来的不是别人，正是园林管理处的牛主任。他接完外甥马经理的电话，虽然答应拿出真龙椅，可总觉得不对劲，拍电视就是用个道具也行啊，干吗非要用真龙椅？想到这里，他就急匆匆赶来，想看个究竟。这一看不要紧，对龙椅拍照的老爷子根本不认识，更不是冯导！

老爷子直起身，慢慢地说："我是谁不重要，但你们偷梁换柱，用赝品替换真东西不假吧？还有，这里明明是清朝古代园林，文化瑰宝，却被你们硬是割出一块，开什么休闲会所！你们倒是抬头看看，房顶的梁柱，檐下的砖雕彩绘，明明是古代大师的真迹，却被烟熏火燎！说什么改造是为了以景养景，明明就是牟取个人私利！我已经拍了照片，这就是铁证！"

马经理这才恍然大悟，原来拍照不是什么定妆照，敢情是取证啊。他嗷了一嗓子就来抢照相机，老爷子拼命保护，眼看就要出事，这时又来了一位，谁啊？正牌冯导到了！

冯导一见马经理拉扯老爷子，慌忙上前拉开，对马经理说："你知道老爷子是谁吗？是我们剧组的历史顾问张教授，他是文物鉴赏方面的国宝级人物啊，万一有个闪失，你的罪可就大了。"马经理一听慌忙撒手，牛主任听出问题来了，上前说："是不是那位老在报上跟我们作对的张教授？冯导你既然收我们的赞助费，怎么请来这么一位顾问啊？还冒充你来看我们的龙椅！"

冯导一声苦笑："我们拍的是严肃的清宫历史大戏，没张教授掌眼怎么成？我和张教授同住一个套间，接电话的时候他也听见了。本来我想跟他一起来，可我临时有事耽搁，他就先一个人来了，他怎么会冒充我？"这话一说，张教授不乐意了："能叫冒充吗？我一进门刚要说，我是谁，就被马经理打断了。昨天参观园林时我就发现龙椅被换成了冒牌货，提前过来就是想四处找找线索。既然这位马经理把我当成冯导，我就将错就错，果然找到了真龙椅。我看，咱们法庭上见吧。"

牛主任狠狠瞪了一眼外甥马经理，这才向冯导求起了情："我们赞助您的电视剧出的可是大价钱，您要是能劝说张教授不提这件事，我们可以追加赞助！"

冯导听了这话果真就劝开了张教授："这事儿吧，可大可小，就让牛主任把真龙椅换回园林。您不说谁还能知道？您也知道咱们的电视剧投资有点少—"

张教授长叹一声，没回答冯导的话，反而对马经理说："记得我刚才讲的乾隆摔龙椅的故事吗？其实这个不是电视剧剧情，是历史上的一段逸闻。讲的是乾隆修自己的裕陵时，金丝楠木不够了，竟然假借修缮明朝十三陵的机会，偷换出人家的金丝楠木来用。可是几年后，他就后悔起这段事情来，自己把自己处了个发配的罪名，发配到江南之地。当然这个事情是不能为外人道的，也就是个传言。你想乾隆一见大盐商呈上金丝楠木龙椅，就触了旧疼，而且民间一向有一段金丝楠木一条命的说法，该耗费了多少人力物力啊？能不发火吗？我在想，封建帝王都因为偷换先人的木料而忏悔，我们反而为金钱而做出这种事情！"

一时间，现场鸦雀无声。有风吹过园林几十顷林木楼台，发出淅淅沥沥的声音，就像一阵沉重的叹息。

真情道具师

一

一场家庭战争结束后,曾进和妻子巫梦分居了。巫梦很爱他,他也很爱巫梦,但是有"第三者"横亘在两人中间,让这场婚姻走到了十字路口。

曾进和巫梦同在市舞蹈团上班,一个是小有名气的编舞,另一个是屡次获奖的舞蹈家。正巧,十天后团里要办台舞蹈晚会,省电视台还要现场直播,团长便对曾进下了任务,要尽快编一段独舞出来。曾进随口问了句:"这段独舞谁来跳?""是——"团长欲言又止,曾进已然明白,是巫梦。

这时候一伙人正抬一台怪模怪样的机器进来,就像一只长着八只脚的铁蜘蛛。领头的是曾进以前当道具师时收的徒弟,新任道具师梁子。梁子兴奋地直朝曾进嚷:"师傅,当年您给演员们吊威亚是手工操作吧,这玩意能用电脑控制!

您是电脑高手啊,还得教教我怎么编程序。"曾进仔细一看,原来这是架吊钢丝的机器,只要预先编好程序,机器便能自动带演员满场飞了。

在师徒通力合作下,半天工夫程序就编完了。这时候梁子就劝曾进:"我师娘的事——"曾进立刻打断了他:"这件事你不用管了,我想去城外山上找编舞的灵感,有没有时间陪我去?"梁子嘿嘿一笑:"我知道山里有个好地方,包您满意。"

当曾进在梁子带领下跨进山中的云泉寺时,顿时被里面一面面绘满飞天的壁画迷住了。壁画里的飞天当空而舞,天花乱坠,代表了唐宋绘画的最高水平。

曾进看了好一会儿,才回身对梁子说:"果然是好地方,我打算在这里住几天,照这里的画像设计一段飞天舞。"

五天后,舞蹈设计接近完成,曾进来到最末一间壁画堂里,准备画飞天舞的最后一幅。壁画堂里只有蜡烛照明,大白天也很昏暗,当他拿刀削铅笔时,一不留神竟削破了手,疼痛之下一甩,一滴血珠甩到壁上的飞天像上。他慌忙去擦,却发现血珠早已沁入画里。

曾进只好继续工作,一直画到中午才完成。想了想,他找来糨糊,把最后一页粘了起来。这时,身后忽然传来悦耳的女声:"画得这样好,为什么要粘上最后一页?"回过头,只见一个长眉凤目的女子正对他款款而笑。曾进觉得在哪里见过她,但一时间又想不来。他定定神才答道:"这最后一页是专为一个人画的,也只有她才有资格打开。"

女子微微笑了笑,说:"我也爱好舞蹈,能让我看看其他页吗?"曾进点头,女子便展开第一页。忽然,女子摆了个兰花手,照着画就舞了起来,之后一页一页翻过,一式一式舞出,直舞到倒数第二页,才意犹未尽地说:"真想看看最后一页呢,那该是全场舞蹈的最终绝唱吧。"

而此时的曾进已被女子的舞蹈所惊呆,想不到效果这样好,这时候他都有些控制不住自己了,差一点就要撕开最后一页。反倒是女子阻止了他:"那个人是你深爱的人吧,这一页就留给她,别人是无权先看的。"

曾进心里一叹,不由想起了巫梦。忽然有狂风吹来,把庙堂里的烛火吹灭了。曾进忙说:"你等在这里,我去要火柴。"说着话出了门,正好迎头碰上一个白须和尚。和尚正好有火柴,曾进接了转身又进了门,但就这么短短的一瞬,那个女子就不见了,更要命的是,绘有飞天舞设计的图纸也不翼而飞!

这庙堂只有一个门,曾进出门借火,眼光始终没有离开房门,女子到底哪里去了?还有舞蹈设计图,女子拿走又有什么用?

正在惊疑,那个借火的老和尚已走了进来。曾进连忙说出原委,然后问:"大师,这是怎么回事?"和尚微微一笑说:"我这里有一个传说,据传壁上的飞天得到人的血气,就会活了过来,到处行走。"说着一指壁画:"你看这里缺了什么?"

却是原来壁上的一位散花飞天，竟凭空消失了，原先的地方绘着坛城和飞花，就像从来没有过这位飞天一样。这一刻，曾进忽然想起那女子的面容来，难怪会那样眼熟，以前他曾不止一次见过这幅飞天呢。

这下他刚放下的心又悬起来："这么说，飞天当真复活变成了凡间女子？"和尚摇头说："飞天变女子也好，女子变飞天也好，跟你有什么关系？"这一说曾进脸都红了，慌忙辩解，那叠舞蹈设计图是他充满激情时所作，现在要重新画也不会有那种效果，他只是想找回设计图。

和尚呵呵笑了："那你就焚香祈求她洒的优昙钵花吧，当此花三瓣盛开，将会满足你的三个愿望！"

二

所谓优昙钵花，简称昙花，原产地印度，和中国的昙花同属不同种，只有三个花瓣。壁画上原先散花飞天的左上角，正是画着这样一朵含苞未放的昙花。这时和尚解释，这壁上的昙花历经千年，早有了法力，只要每天焚香守候，每开一朵花瓣，守候者就能达成一个愿望。

"可是，守候多久才能开放呢？"曾进问。"心诚者刹那，不诚者一世！"

曾进从来不信这些神神鬼鬼的，不过出于好奇，便当真跟和尚要过了香，在昙花前点燃，然后暗暗发出愿望，尽快找到那个神秘女子。

我的美丽妈妈

到第三天，墙上画的昙花果然张开一瓣，曾进正要去告诉和尚，手机忽然响了，是梁子打来的："师傅，您设计的飞天舞怎样了？昨天我去一家舞蹈馆，发现他们也在排飞天舞，要不要看看去？"有这样的事？曾进起身就走，直奔那家舞蹈馆。

那家舞蹈馆的排练室正灯火通明，中央一个女子高髻，霓裳，正在跳飞天舞。曾进越看越惊，正是他设计的飞天舞啊。他一个箭步冲了过去，一把揪住了女子，却发现不是别人，正是那个复活了的飞天！

女子毫不惊慌，说："你是飞天舞的作者吧，咱们有点误会。"曾进被气乐了："你装神弄鬼骗走我的舞蹈图，还好意思说误会？"女子嘻嘻一笑："不好意思，我叫李岚，那几天我也到寺里找灵感，看你设计得实在太好，忍不住拿过图来试排一下。我知道你是为巫梦编的，可听梁子说你们都快离婚了，干脆转让给我吧，必有重谢。"

这才叫强盗逻辑呢，曾进直接拿起桌上的设计图说："我不同意你排我的舞蹈，如果继续排的话，将诉诸法律。"李岚顿时一脸懊丧，曾进视若无睹，又问："你怎会在庙堂里凭空失踪？还有那个飞天是怎么回事？"李岚像赢回面子似的嘿嘿一笑："我听梁子说，您是老资格的道具师耶，这种事怎会问我？"

曾进见她又说出梁子来，忽然想起，梁子的女朋友好像就是跳舞的，再看看自己的舞蹈设计图的最后一页仍然粘着，不由长舒一口气，干脆拨通了梁子的电话，让他来取舞

21

蹈设计图，转交给巫梦。同时嘱咐，最后一页一定要在最后一次排练才能打开。

　　回到云泉寺，他马上对壁画研究起来，这一研究不禁哑然失笑，自己还是道具师出身呢，竟被这种小儿科手段蒙了。寺里只点一根蜡烛，使得曾进那天忽略了消失的飞天的周围，有圈淡淡的轮廓，而且散发出胶水的味道。这说明李岚是预先照她的相貌做了飞天纸像，然后帖到壁画上。曾进不在时，只要一撕就行。至于失踪，更是简单，左墙角佛龛后有个暗门，直通后院。这时他才想起，如果李岚是梁子的女友的话，只怕多半是自己的宝贝徒弟摆了自己一道！

　　这样一来，曾进对墙上的昙花也生出了疑心，可是打量半天，也看不出任何破绽，但那几天花瓣就是以肉眼可见的速度展开了。

　　正在这时，老和尚来了。曾进问："您这里的壁画当真是唐宋的文物吗？"和尚说："真文物早就移入博物馆了，这里是仿真的，由画家和道具师协力完成，也就是上个月才完工吧。""这么说，昙花开放是假的了？也不会实现什么愿望？"

　　和尚扬眉一笑："现下昙花已开了一瓣，你的第一个愿望实现了吧？既然能够实现，真的如何，假的又如何？"曾进暗想正是如此，找到了所谓的飞天，也找回了舞蹈设计图。这时他想起了心底的计划，喃喃说道："那我就祈求第二瓣花开吧，祝愿我心想事成。"

三

这一回速度要快得多，三天后的下午，昙花第二瓣就完全展开了。

算算时间，当天晚上就是省电视台的晚会直播了。曾进给梁子打手机，想问问情况，对方却是关机。他只好打给团长，团长兴奋得直叫："这个舞编得不错啊，尤其是最后一幕，简直是绝了。就是你设计吊威亚的高度有点低，我给提到了六米。"

什么？曾进一听就像五雷轰顶，这要出人命的啊。他正要对团长说明，却关了机。曾进再不敢耽搁，他飞速跑出云泉寺，就那么一路狂奔，跑到山脚。山脚下有出租车，坐了车又是疾驰。

在路上，原先设好的计划一步步在他脑海浮现。当那台吊威亚机器运来时，他就有了念头，可以设计一场事故给巫梦。那就是，利用梁子对电脑程序的不熟，他偷偷在里面植入了一个病毒，这种病毒将在晚会这一天爆发，效果是更改威亚机器里的一个小参数，使力道方向不大对。然后在飞天舞的最后一幕，他设计了个吊威亚的高难度动作。在最后一页，他还标了一句话，说威亚机器上的钢丝太粗，让观众看见的话效果会不好。照巫梦爱舞成痴的性格，一定会把点三零的钢丝换成点二四。不大对的力道，高难度的动作，还有变细的钢丝，任何单独一种都不会出事故，但是结合在一起，钢丝就会有百分之七十的概率断裂。因为怕被人看出来，他还故意粘上最后一页，到最后的排练才能打开。不过，他只是想让巫梦在全省电视观众面前丢个丑，让她远离那个"第三者"，而不是想杀她，所以将高度定成两米。可自以为高明的团长竟改成六米，从六米高的空中坠下，该是怎样的后果？

昙花开放第二瓣，果然心想事成，没想到竟成了这样！

天色完全黑暗的时候，曾进冲进了晚会现场。但是台上的飞天舞已到了最后一幕。霓裳飞天摇曳长空，翩然若梦，眨眼间已升到六米的高空！就在刹那间，变故突生，台上灯光全灭！

一行眼泪滚下曾进的面庞，只有在这个时候，他才发觉自己是多么爱巫梦。忽然，灯光大亮，同时掌声如潮，原来台上演职员们开始谢幕。曾进喜极而泣，这时他才恍然，钢丝并没有断，灯光灭掉是为追求亦真亦幻的效果。几乎同时，他也看清了飞天的舞者，竟是那个李岚！而旁边，梁子正笑得合不拢嘴。

看来梁子并没有把舞蹈设计给巫梦啊，曾进压抑不住怒火，腾地跳上台，找梁子质问。梁子忙不迭地拉他到后面，才回答说："我拿您的设计图给巫梦的时候，才发现她没有来团里上班，直到现在还是踪影全无。您大概不知道吧，李岚是巫梦老师的学生呢，团长为了救急，才点名让李岚来跳飞天舞。"顿了顿，他又说，"师傅您不要责怪巫梦了，她也是爱您的，您的计划要不是被我看破，刚才会出大事。"

曾进一惊，像不认识似的打量了下梁子。梁子继续说："其实我的电脑水平没有您想像的那么糟，当时就发现了程序不大对。不过我没声张，只是指派我的女朋友李岚上山跟着您。当我看到粘贴的最后一页，就全明白了。不管怎么说我是跟您学道具的徒弟，也不好意思揭发出来，便改回了参数，也没换钢丝。"

原来是这样，但曾进已没有心思考虑这个，他只有一个念头，巫梦究竟在哪里？照她的脾气是绝不会放弃这场演出的，一定是出了什么事。猛然，他想起那朵墙上的昙花来。

四

曾进从来没有像现在这样虔诚过，他盘坐在壁画庙堂的蒲团上，跟和尚说明自己和巫梦的一切。结婚初期的日子里，两人如胶似漆。可当巫梦获了一个省级奖后，一切都变了。她开始疯狂的痴迷舞蹈，没日没夜地练习，然后外出比赛，演出，甚至整月整月的不回家。他们之间的第三者，便是那该死的舞蹈。两人终于大吵起来，这一吵便闹得劳燕分飞。但是就在焚香祈祷昙花盛开的日子里，他又回忆起巫梦的点点滴滴。

"我当初想着，是让巫梦丢一次丑，发泄一下心里的怨气，但是当飞天被钢丝吊在六米高空时，我忽然明白了，我的生命里不能没有巫梦。现在祈求昙花的第三瓣，就是巫梦归来，再结连理。"

和尚一反以前嘻嘻哈哈的模样，豪爽地说："既然这样，就助你一臂之力！"说着拿出一支高香来。老天，以前两次的香，也就是面条粗吧，现在的香就像根擀面杖！

高香点燃，曾进缓缓合十，打算用自己永久的耐心等待昙花盛开。没想到，几乎就在刹那，第三瓣就伸展开来，全开的昙花放出夺目的光彩，照得满室皆亮！

曾进一愣神间，已看出奥妙所在。昙花的中央开了个小孔，孔的另一面点着电灯，光芒正是从孔里泄露出来。让他真正吃惊的是，另一面也是座庙堂，堂前蒲团上，端然正坐的，便是巫梦！

狂呼一声，曾进跑出壁画庙堂，转到后面，果然有个小门。推门进去，只见巫梦正呆呆看着他，眼里同样饱含泪水："我一直在你隔壁，你说的话我都听到了，我是没有尽妻子的责任，可是你知道原因吗？你的爱好太广泛了，爱道具，爱电脑，爱编舞，爱绘画，可这都是很费钱的事啊，我不要命的演出和比赛，就是想挣足够多的钱供你用，本来我怕伤你的自尊心，便始终没有说，可是现在——""不要说了！"曾进叹息一声，紧紧把妻子抱在怀里。

后面咳嗽一声，两人赶紧分开，却是和尚进来了："我这远房侄女上了山，要我下山劝劝你。是我安排她在这里住下的，朝露昙花，咫尺天涯，想不到吧，你们俩祈祷的人，就在隔壁，不过也因此看到了彼此的心！"

曾进看一眼点燃的高香，忽然心头雪亮："以前我在国外道具书上看过，用某种特殊颜料画出壁画后，只要点燃特

我的美丽妈妈

制的香，壁画就会慢慢融掉，露出下一层。这样的话，只要连绘三层，点燃香后，就能出现昙花三瓣依次开放的现象。最后一次点的香是最粗的，融得便最快，便能露出墙上留出的洞。可是这样难度大的工作，是哪位高人的设计？"

话音刚落，就见梁子携着李岚走了进来："师傅，我这个道具师青出于蓝了吧，其实整座庙堂的初始设计者就是我，暗门啦，消失的飞天啦，就是想消除你跟师娘的误会。你们一个是我的师傅，一个是我女朋友的师傅，我哪能不使出压箱底的功夫？"

飞天舞

晚秋，画家墨城走进敦煌莫高窟，开始了对壁画里飞天的临摹。所谓飞天，是佛教里管歌舞的神，梵名叫紧那罗。壁画里的飞天衣袂飘飘，当空而舞，代表了盛唐绘画的最高水平。

这天，当他临摹维摩诘经变窟的飞天图案时，发现红色颜料不够了。这时候的他正下笔如飞，实在不愿意停手，便随手拿过黑色笔，打算顶替红色。这时听见身后有女声说："这样就可惜了，你看这个可不可以？"

回过头，一个长眉凤目的女子正对他款款而笑，左手摆着个兰花姿势，递过一瓶红色指甲油。墨城感激地一笑，涂在笔上龙飞凤舞，刹那间一位长带飘飘的飞天跃然纸上。

女子露出赞叹的神色，不等墨城道谢，翩然转身就要走。就在这时，洞窟里一片漆黑，原来停电了。黑暗里响起了好多游客的惊呼，其中就有那位女子。墨城忙循着叫声走过去,打开手机的微光,发现对方正倒在地上昏迷不醒。连忙一把抱住,跑出洞窟。

阳光一照,女子醒了过来。她说她只是低血压,偶尔昏厥不算什么,说罢挣扎起来就要走。墨城见她身子实在虚弱,便说:"我住的旅馆就在附近,还是就近喝点水吧。"

女子一进墨城的房间就呆住了。只见桌上地上,到处都是飞天的图案,有素描也有彩绘。墨城解释说,他打算参加一个月后的全国绘画大赛,所以便来敦煌学习古代绘画技法。这么一说女子也笑了,说真是有缘啊,她叫顾飞岚,是市舞蹈团的,也为参加大赛来到这里,不同的是,她参加的是舞蹈大赛,学习的是飞天的舞蹈动作。

既然是同乡,墨城提议说两人何不在一起学习?顾飞岚按墨城的临摹习舞,墨城按顾飞岚的舞姿作画,艺术是相通的,又能互相指正。顾飞岚白皙的脸上出现了淡淡的红晕,说:"好。"

从此,每天清晨顾飞岚就敲开墨城的房门,一个翩翩起舞,一个挥笔作画,直到夕阳西下。一点一点情愫,就在这无间配合里慢慢滋长。

眼看临近比赛,墨城再也压抑不住心头爱意,等到顾飞岚一曲舞罢,便正式向她表白:"我想,我——"没等话语出口,顾飞岚已然明白了他的意思,脸色忽然变得苍白,说:"但是,我的身体——"墨城微微一愣,这时顾飞岚像朵棉絮似的倒在他怀里,又晕了过去。

这已不是她第一次晕倒,墨城隐隐觉得,绝不会是低血压这么简单，顾飞岚说的身体问题，就是这个吧。他急急抱着顾飞岚出门，把她放到出租车后座后，一路风驰电掣直奔医院。但是到了地头，他回身要抱顾飞岚时，却发现座位是空的！

一路上车都没有停啊，她是怎么下去的？墨城当夜就回了本市，去找本市舞蹈团，舞蹈团长摇着头说，根本没有这个人。

想来想去想不出头绪，墨城只好准备参赛的作品。落下最后一笔，墨城苦涩地一笑，这飞天的面容太像顾飞岚了，也难怪，他现在心里脑子里都是顾飞岚的影子。

大赛这一天，墨城来到大赛组委会，交出自己的参赛作品。画有飞天的画轴一展开，当场赢来一阵赞叹。一位老年评委激动地说："好久没见到这么好的作品了，请问您是哪个画院毕业的？"墨城平静地回答："我来自于民间，师承家父墨余生。"墨余生？评委们茫然摇头。

从组委会办公室出来，墨城走在大街上。忽然，他被街头电视上的一幕震惊了。那是一场舞蹈选拔赛，八名女选手一字排开，而第三位正是顾飞岚！墨城兴奋地一跳三尺高，直奔电视台而去。

顾飞岚还是那样从容优雅，还是那样款款而笑。在一间小酒吧里，她的一番解释让墨城目瞪口呆：一千年前，一位民间画师在绘画飞天时，眼中一滴血泪渗入颜料。而这一点血泪，吸收鸣沙山的月华，终于修成了舞之精灵顾飞岚。但是历经千年风沙，这点血泪渐渐干涸了，那一场场昏厥，其实正是寂灭前的预兆。这时顾飞岚只有一条出路，就是夺得全国大赛的第一名，就有资格升入天界，成为紧那罗神，也就是真正的飞天。若是失败，就是得到第二名，也只有魂飞魄散的下场。

"其实无论结果如何，我都不会再停留在人间界，为了不引起彼此的烦恼，才毅然走开。不过现在看来，我这千年舞者比她们强得太多了。"顾飞岚浅笑微微，让墨城一阵怅然。两人本非同类，只有把爱意深埋心底了。

想到这里墨城也微微一笑："这样说来应该彼此祝贺，从我的父亲墨余生往上，我家祖祖辈辈都是民间画师，可是从来得不到艺术界认可。父亲墨余生为此遗憾了一生，他从小就培养我，要夺得国家级绘画大赛第一，为家族正名。现在看来，愿望差不多实现了。""那要失败了呢？""我不知道，这个愿望曾经伴了我二十年。"墨城茫然答道。

顾飞岚的纤细双眉微微一皱，露出忧愁的神色，可惜墨城没有看到。不过很快她就恢复原状，笑道："那我们击掌鼓励，共夺第一！"

两只手掌拍在了一起。就在这时，墨城的手机响了。来电话的居然是大赛评委会副主任，他约墨城到家里一叙。墨城只好向顾飞岚道歉离开。

副主任开门见山，提出了一笔交易。原来现在众评委都看好墨城的飞天，要选他做第一。可是副主任的侄子也参加了比赛，目前排名第二。他的意思，是要墨城以作者身份跟组委办公室要出原画，装作要拍照，然后借机在画像上涂一笔，毁了画作，这样他侄子就稳拿第一。他再付给墨城原奖金的十倍，三十万。

　　副主任的话还没讲完，墨城就哈哈大笑起来，墨家多少代的愿望，岂是区区三十万就能买下的？他怒气冲冲就要走，忽然看到对面的电视，里面正播放舞蹈大赛的情况。这时是半决赛，四选二，主持人交代比赛规则，居然是凭观众短信和投票决定。刹那间墨城冷汗直冒，这已不仅仅是舞蹈水平问题了，还要靠财力，顾飞岚为舞而生，为舞而死，哪有什么金钱跟人家斗？

　　想到这里，墨城回身对副主任说："我答应你。"

　　第二天，墨城兜里揣着一瓶红色指甲油，踏进了大赛组委会办公室，这指甲油还是那天顾飞岚送的。事情很顺利，墨城把指甲油在飞天脸庞上重重一抹，便把他的呕心沥血之作毁掉了。

　　副主任没有食言，很快把三十万打到墨城卡上。他就用这钱买来登有选票的报纸，雇人写好了投出去，又买来一堆手机卡，散发出去让人们投短信。这三十万果然没有白花，顾飞岚顺利进入决赛。

　　终于到了最后时刻，舞蹈决赛将在午时十二点开场，而这，也正是绘画大赛出结果的时刻，墨城此时已不理会绘画大赛，径自去了舞蹈决赛现场。他知道，这也许是见顾飞岚最后一面了。然而直到开场，也不见顾飞岚上台，五分钟后，主持人无奈地宣布，由于选手顾飞岚无故缺席，另一名选手获得第一名！

我的美丽妈妈

在这关键时刻，顾飞岚哪里去了？墨城的脑子还没转过弯来，评委会副主任打来了电话："虽然你耍了我，但我还是佩服你的艺术水准，来领你的一等奖吧。"

大赛组委会办公室里，主任副主任和众评委都在场。主任讲了他对飞天这幅画的观感："这幅画画得非常高妙，尤其是飞天脸上那一抹红，今天评分时，我们本来认为那是作者的手误，可是当一束阳光照上时，我们集体产生了幻觉，飞天看上去居然活了。"

那一刻，从画面上袅袅升起的飞天震惊了所有的评委。一抹红霞缓缓自飞天脸颊上移开，化成当空而舞的彩带，横曳长空，翩然若梦。舞罢半晌，众评委才回过神来，纷纷评上最高分，连那位副主任也被完全折服。

"那一刻，是几点？"主任回答："十二点整。"墨城顿时明白，哪里是什么幻觉，分明是顾飞岚放弃了比赛，把一腔精魂投入到画里，让他夺得第一。面对主人递过来的奖杯，墨城没有接，而是直接走出门去。这一下激怒了众评委，副主任更是大叫："如果你十分钟内不回来，就剥夺你的冠军！"

墨城在街上没有目的地乱走，顾飞岚已经魂飞魄散，拿这个第一有什么意义？忽然，毫无征兆的，他左侧街角上多了一个人，可不正是顾飞岚？但她身体虚弱得不成样子了。墨城大叫："你为什么这样做？""因为"顾飞岚低低道，"你为我牺牲，我为什么不能为你牺牲？若你在下界愁苦一生，我就是成了神又怎能好过？我来这里，是要为你最后一舞"。

刹那间街上的车声人影消失不见，现出广阔的天幕来。一束流星划过，顾飞岚高髻，霓裳，手做拈花，开始了销魂一舞。

天外霓裳自在飞，长空一舞为谁知？

一行眼泪滚下墨城脸庞，这时顾飞岚已消失在烟霞里，耳边传来轻轻的声音："不要哭啊，当初给我血泪的画师也姓墨，你就是他的后人，把你的血涂到敦煌第二十三个飞天上，我还能为你跳舞的。不过，现在你要赶快去领奖。"

墨城一跃而起，直奔组委会，拿到奖杯后一刻不停，直奔敦煌，咬破中指，把血涂了上去。然后静静坐下来，等待那幸福一刻。

鸣沙山的月亮落下去了，太阳缓缓升上来。墨城的心却渐渐冷下去，哪里有顾飞岚的身影！慢慢的，他才想起，他的祖先本来不姓墨，到他祖父一代以姓明志，才改了过来。顾飞岚这样做，就是让他领那一个奖。

远远的，有谁在唱：

> 如果沧海枯了，还有一滴泪
> 那也是为你空等的一千个轮回
> 蓦然回首中斩不断的牵牵绊绊
> 你所有的骄傲只能在画里飞……

观察者

网管小李

小李从计算机系毕业没多久,正巧赶上家乡临水县架设政府网,向社会公开招聘管理员,他就揣着简历应聘了。要说他的技术,是石头山上滚碌碡——实(石)打实(石),所以很顺利地过五关斩六将,到了最后一关——面试。

主持面试的是县长刘峰,他对小李也挺满意,当场就拿出了聘书。等小李签完字,他又拿出一张名片给小李:"政府网站的作用,就是能跟老百姓面对面交流,政务公开嘛。记住了,一旦有人反映本县重大事件,二十四小时之内电话通知我。"小李满口答应。

经过小李昼夜奋战,临水政府网正式启动了。网站主要有两大板块,一个是本县新闻,一个是民生论坛。没想到才过两天,一个重磅炸弹就在民生论坛上炸开了。那是一个带

社会万花筒之中国好故事系列丛书

图的帖子,图上有一棵棵枯萎的玉米苗,玉米苗下的土地黑乎乎的,还泛着淡蓝的光泽。下面文字说明:这就是用当地河水浇灌的庄稼,小王庄已有百多亩玉米苗枯死,请严查污染河水的源头!

发帖的人自称是"观察者",帖后有一大堆跟帖,有诉苦的,有猜测源头的。小李知道,临水县是农业大县,百亩庄稼枯萎可不是小事情,他翻出名片就给刘县长打电话,结果提示关机。小李看看表,都下午六点多了,再看观察者的发帖时间,是昨天傍晚七点。他记起刘县长说过,二十四小时之内必须报告,这可怎么办?干脆去刘县长家里汇报吧。

刘县长在家,小李把前因后果一说,他也皱起了眉头,立刻打开自家的电脑,发现果然损失严重。这时候刘县长的爱人过来了,瞟了几眼说:"我当是什么大不了的事呢,我弟弟不是环保局长吗?让他来查就行。"刘县长依言打了电话,不多时环保局赵局长来了,听完来龙去脉,拍着胸脯说:"没问题,保证查个水落石出!"

小李见没自己什么事了,正要告辞,被刘县长叫住了:"等等,你带赵局长到你的机房,帮他拟一个声明发到网上,就说环保局立刻彻查,还百姓一个公道。"

小李领着赵局长到了机房,正着手拟声明,忽然发现网站上又出现一个新帖,发帖者还是观察者。拍的是一个正往外冒泛蓝污水的管道口,管道口下方,一条暗渠伸出墙外的河道里。管道口上方的墙上,印着厂家名字:临水化工。小李一声欢呼:"找到污染源头了,就是咱们县的临水化工厂!"

赵局长神色变得难看起来，猛抽了一口烟，才对小李说："你把观察者的帖子都删了吧，我可以给你五千块钱。"面对小李不解的神色，他解释说："临水化工是咱们县的利税大户，不能查处的。"其实还有另一个理由，这家厂子的孙老板年初孝敬了他五万块钱，这事当然不能明说。

小李听完就是一愣，不过还是答应下来。他在键盘上噼里啪啦一阵敲，末了却叹了口气："帖子删不了，看来这个观察者还是顶级黑客，我这个网管也无能为力。"

赵局长的脸色越来越难看，他又问小李："可不可以根据这个观察者的IP地址，查出他是谁？"小李摇头："这位用了代理服务器，查也白查。"赵局长彻底泄气了，他两眼紧盯着网页上的照片，像是要把观察者从电脑里揪出来。忽然，他心头一亮，这个污水出口在化工厂围墙内，厂外的人是无法拍照的，说明肯定是内部人所为。还有，这张照片下方显示着拍照日期，是今天中午一点半，那时候全厂工人休息，那么只要去化工厂问孙老板，今天中午一点半的时候，谁去过污水口，不就挖出观察者了？

想到这里，他立刻叫上小李，让他陪着一起去临水化工厂。他知道，要想在网站上摆平这个事，少不了要用到网管小李，就有了拉他入伙的意思。

门卫老王

晚上十点，两人到了临水化工厂。孙老板听完赵局长的讲述，也吓了一跳。他自己知道排的污水不达标，可是要想达标，那得花多少钱啊，还不如给赵局长上点贡省钱呢。现在出了事，他就有点六神无主。赵局长看他的熊样，不由暗笑，当下说出自己想法，赶快挖出观察者，堵了他这个领头的嘴，不就完事了？

赵局长问，谁在今天中午一点半，去过污水口？孙老板拍着脑壳想了想，说："中午一点半，是你姐夫刘峰参观厂区的时间，我全程陪同，因为怕他看见污水口，所以预先把通往那里的小门锁上了。污水口周围，是一丈五的砖墙啊，除了管钥匙的门卫老王，谁也进不去。"

赵局长一听就犯嘀咕："老王？哪里的老王？""小王庄的老王。"赵局长冷笑："死的就是小王庄的庄稼啊，不用问，他就是观察者，开了小门拍了照，发到网上给咱们找麻烦！"

孙老板立刻派人把被窝里的老王揪出来，问中午是不是开小门了？老王很干脆，是。又问有没拍照，老王说有。还要往下问，老王火大了："自打你这个化工厂排污水以来，我们村的庄稼就减产，我这个六十多的老头子，才不得不出来给你们打工。现在倒好，玉米还没开花就全枯了，我不管谁管？"

孙老板脸色铁青，赵局长反而和颜悦色起来："不要紧，你的玉米损失可以赔偿，前提是你要发帖道个歉，说照片是经过加工的，跟临水化工无关。"老王一听脖子一梗："我不道歉！"再往下赵局长就不客气了，他跟孙老板要来老王的家庭资料，然后说："你不考虑自己，要考虑儿孙，你儿子是老师吧？我能让县里停发他的工资，你儿媳开个小卖部？剥夺她的工商执照！"

　　这话击中了老王的软肋，登时蔫巴下来。一旁的小李看着不忍，就说了句："要说老王拿钥匙开了小门，我信，要说他拍照片发帖子，我看不可能，六十多岁的农村老人，怎会这个？"这么一说，赵局长也明白过来了，他追问老王究竟是谁拍的照？老王一言不发。

　　这时候孙老板想起一个人来，就是负责排废水的工人大壮。大壮平时跟老王关系很铁，更重要的是，他是个摄影发烧友，前些天他老婆眼看要生孩子，一高兴买了部佳能数码相机，到处给人显摆。看照片下方的英文小字，正好是佳能照的。想到这里，他诈了老王一句："我知道了，一定是大壮！"老王一听吓了一跳："你怎么知道的？"这么一来，证明拍照的肯定就是大壮了。

工人大壮

　　孙老板吩咐保安，先把老王看起来，等事情过去再说，然后到工人宿舍找大壮。到了宿舍一问，大壮不在，原来今天下午三点多钟，大壮媳妇打来了电话，说还没满月的孩子闹病了，要他赶紧回去。

　　这时候都半夜十二点了，孙老板见小李困得不行，就建议先在厂里睡一觉，等天亮了再找这个吃里爬外的家伙算账。赵局长点头答应，正要奔客房，他的手机响了。是刘县长打来的，他问赵局长，河水污染的事查得怎样了？赵局长得意洋洋地讲了调查过程，然后说："姐夫没问题，我保证大壮和老王头都闭嘴。"电话那头没有答话，啪的挂断了。

这话落在孙老板耳朵里，就有些不自在，他悄悄对赵局长说："你姐夫知道咱的事不？"赵局长一拍胸脯："你放心，我姐夫对我姐好着呢，我姐现在就我一个亲人。"

第二天早八点，三个人吃完饭，就商量着怎么找大壮。大壮住在大黄庄，但是哪排哪号连孙老板也不知道，他干脆拨起了大壮的手机："大壮吗？厂里找你有点急事，你现在在哪里？我马上过去。"大壮回答："我在县城的清风网吧，清风网吧在哪里？就是县派出所对面啊。"

孙老板看一眼赵局长，心里都明白了，观察者一定就是大壮，这不大清早就钻网吧里发帖了，要赶紧阻止他，不然再说出点什么来就麻烦大了。他喊了两个保安，连同小李开着车，直奔城里的清风网吧。

上午九点，孙老板跨进清风网吧，他一眼就看见大壮对着屏幕敲字，另一个男人面朝里在一旁指指点点。他一拍大壮的肩膀："大壮，你们大黄庄又没死庄稼，为什么你要把这事捅到网上？"大壮回过头，声音大得吓人："我的庄稼是没有死，但我刚生的儿子脑积水，医生说了，都是因为我长期负责排废水，才影响了后代。"孙老板见网吧里人多眼杂，就说："那你也不该用观察者的名字给我乱捅啊。回去我给你换工作，走。"

这时旁边那个男人却回过头来，说："你弄错了，我才是观察者！"同来的三个人一同失色，这人竟是县长刘峰！

县长刘峰

刘峰眼里透出痛苦之色："我在外出散步的时候，发现了禾苗浇了河水枯死的事，就拍了照片传到网上。当时想着，这是一个让论坛成为民生阵地的开端，只要这件事顺利解决，对网上参政议政，对廉政建设都大有好处。后来，我参观临水化工厂，大壮和老王偷偷塞给了我照片，正好揭示了河水污染的源头，我又贴到了网上，这时候我想的是，给负责调查的赵局长一个方向，但是半夜他回我的那个电话，使我彻底失望了。"

刘县长听到小舅子赵局长的电话，立刻意识到大壮有了危险，他连夜派人把大壮接到派出所。当大壮接到孙老板的电话时，就按照预先安排，把他们引到网吧来。

孙老板顿时瘫软在地上，被两位警察架了出去。赵局长痛哭流涕："姐夫，我姐对你可不错，你不能动我。"县长刘峰苦笑一声："你姐不止一次对我说，要我关照她的唯一的亲人。可是，我不动你，观察者不答应！"

赵局长满脸疑惑："观察者不就是您吗？"

"错！"刘峰斩钉截铁，"观察者是网管小李，他及时向我汇报案情，后来又假装黑客捣鬼，不肯替你删帖；观察者也是门卫老王，打开小门配合拍照；观察者也是工人大壮，拍下照片有了铁证；观察者也是每一位网友，用一个个回帖提供支持。"

话音未落，在场网友爆发出响亮的掌声。

我的美丽妈妈

刚一放暑假,我就在男友阿伟的陪同下,回家乡小镇看望爸爸妈妈。

我妈妈嫁给爸爸很多人都觉得不可思议,包括我。爸爸黑黑的脸庞,用妈妈的话说,是放电视里不化妆就能演矿工的那种。妈妈是那么的漂亮白皙,据说年轻的时候考过影视学校。关于这件事爸爸也有高论,说:要不是那期考生有巩俐,兴许就考上了。

这样的黑白配,曾经在镇子里非常显眼。不过随着我长大,就慢慢平息了。因为爸爸要出外打工,妈妈要一个人种田喂猪,天长日久,就和街上绝大多数人一样了。妈妈常常摸着我的头说,好不好看是年轻人的事,我年岁已大,没那么多讲究了,只要我们婷婷漂漂亮亮的就行。

婷婷就是我,他们唯一的女儿。镇上的人都说,我遗传了妈妈的脸庞,爸爸的个头,要是反过来就糟了。爱美是女

我的美丽妈妈

孩子的天性，妈妈常常给我买最漂亮的衣服，用最好的化妆品，上最好的学校。那一年，我终于考上了北京一所大学，读影视专业，妈妈高兴地说："婷婷啊，你能圆妈妈当初的梦了。"

作为影视专业学生，是能外出演一些有报酬的角色的，我不但不再从家里拿钱，还能给家里寄，只是从此忙碌起来。我写信告诉他们，你们的婷婷长大了，可以养家了。妈妈回信说，我们不需要婷婷的钱，需要的是长大的婷婷常回来看看。这句话让我一下子想起来，没回家快两年了吧。

刚一进镇子，我就被四婶子拦到了她家，非要请我吃茶。在我小的时候，没少在四婶子家淘气，可她从不生气，还经常拿糖果给我吃。我只好先去她家坐坐，可又知道妈妈都等好久了，就告诉阿伟，让他先去我家说一声。阿伟前年是到过我家的，那回妈妈有事走亲戚，他跟爸爸聊得很是热乎。

还没过十分钟，阿伟就又到了四婶子家里，说："你姐姐都做好饭了，喊你回去吃呢。"这么一说，我就有些奇怪，我是爸爸妈妈唯一的千金，有哪门子姐姐啊。难道是久未上门的表姐？可是表姐比我还忙，不会这么巧吧。

等回到了家，我一记粉拳敲在阿伟背上。家里张罗饭菜的不是表姐，是我美丽的妈妈啊。不过妈妈确实和以前大不一样了，肤色白皙俊秀，还穿着件时尚的蝙蝠衫，跟我站在一起就像两朵姐妹花。其实想一想也就明白了，妈妈本来就是美人坯子，今年才刚过四十，我又寄钱给他们，不再像以前操劳，在鲜艳衣服的映衬下，难怪会显得年轻了十岁。

阿伟的脸一下子羞成了大红布，想必刚才叫了不少声姐姐吧。这时爸爸还没回来，也没人能纠正他。不过妈妈看上去非常高兴，哪个女人不喜欢漂亮呢？阿伟的误会，是对她最好的赞美啊。这时我看见妈妈穿得蝙蝠衫，大小正合适，还是我喜欢的颜色呢。我对她说："妈妈，您喜欢什么衣服？我回去给您买上捎回来。"

妈妈笑着说："不用，我有好多衣服呢。"说着一指墙角的衣橱。我走过去想打开看看，没想到妈妈神色慌张起来，说："衣橱上锁了，钥匙在你爸爸那里，以后看吧。"这话让我起了疑惑，衣橱里装的都是衣服，整天在外忙碌的爸爸怎会拿走衣橱的钥匙？不过看到妈妈一副有难言之隐的样子，我暗吐一下子舌头没敢追问。

我眼光一扫，看见梳妆台上放着很多化妆品，有美白的，有描眉的。原来妈妈也开始化妆了啊，难怪那么年轻呢，我真替她高兴，这是日子过得舒心的最好见证呢。想当初，妈妈一副黄脸婆模样，都是风吹日晒，整天操劳得来的。我在学校里学过一些化妆技术，就对妈妈说："我给您露一小手吧，保证显得比我都年轻！"

妈妈笑骂一声："鬼丫头。"不过还是乖乖坐在椅子上，等我大显身手。化妆品和器械都是我很喜欢的牌子，所以操作起来得心应手，我给妈妈修了眉，弯了睫毛，又画了眼影。妈妈看着镜子里的自己，不住地笑："婷婷你真坏，把你妈化成老妖精了。"我哪管这个，冲身后的阿伟一使眼色。阿伟心领神会，火速拿出数码相机，咔的一声把我们母

我的美丽妈妈

女拍了下来。这可是一张幸福的写照啊。

当我给妈妈做最后一道工序，涂美白霜的时候，发现美白霜的瓶子上有一行小字：20070326。这是生产日期，说明是三年前的产品。这个牌子的化妆品我一清二楚，保质期是三年。看到这里我有些恼火了，问妈妈："这个是什么时候买的？"妈妈没有看出我神色不对，随口说了句："上个月。"

一时间我怒不可遏，镇子里只有一家化妆品店，店主是瘸子老刘。他这人一向爱占小便宜，我从小就不喜欢他。不用说，他一定是偷偷把过期的化妆品卖给妈妈。要知道，这个牌子的化妆品可不便宜，以前我用过的。

我拿起美白霜就往外跑，想找瘸子老刘讨个说法。妈妈想拉一把没拉住，只好在后面追赶。瘸子老刘的店就在附近，我三两步就进了店里，把美白霜瓶子往柜台上一搁，质问他为什么欺负我妈妈。瘸子老刘看都没有看瓶子，就说："你妈那个手紧啊，还舍得花钱买这个？我这里有销售纪录，要不要看看？"

影视班的历练早把我磨得牙尖嘴利，正要让他领教本姑娘的厉害，妈妈急急忙忙赶来了，她边往外拖我边说："真的不是从这里买的，其实，"她回头看看阿伟没跟来才悄悄说："其实那是你在家的时候以前用过的，我见剩了好多，才拿出来自己用。还有衣服，也是你穿过的。"

老天！我懊恼地拍了一下自己的额头。其实我早该看出来，那些衣服，还有化妆品，为什么看着这么眼熟啊。妈妈不愿意打开衣橱，不愿意说出真相，就是怕我在男友阿伟面前丢面子。手紧的妈妈，美丽的妈妈，亲亲的妈妈，您的女儿实在是太笨了。

两天过后，我和阿伟坐上了返回的火车。坐定后，我打开随身的化妆包，里面是那些过期的化妆品。我给妈妈来了个偷梁换柱，把自己新买的化妆品换了这些过期的东西，但愿我这个小花招让妈妈更美丽吧。忽然，我发现包底下有个小纸包，里面是一大叠钞票，还附着一张纸条："婷婷，城里开支大，这里有你寄的，也有爸妈攒的，拿去用吧。化妆品妈妈笑纳。"

你向谁求婚

周江是某网络公司的精英人物,年轻英俊,称得上是才财兼备。前些日子,他偶然邂逅了公司对面广告公司的文案林玲玲,登时坠入了情网。林玲玲名美人更美,人称广告公司的当家花旦,人人见了他们都夸是金童玉女,最佳组合。两人很快恋得如胶似漆,见过双方家长后,已到了谈婚论嫁的地步。

这天中午休息时,林玲玲逛到周江办公室里来了。这时也是周江办公室最乱的时候,有打游戏的,有睡觉的,周江则在键盘上噼噼啪啪,像在输着什么。林玲玲人一过来,便带起了一阵香风,周江立刻警觉,匆匆忙忙关了显示器,又慌里慌张地打了个招呼。这副样子立时引起了林玲玲的怀疑,别是有什么见不得人的事吧。她表面不露声色,说自己还没吃午餐,要周江买个汉堡包来。周江心里有鬼,但不敢不去,马上以百米冲刺的速度下了楼,很快又以同样的速度上来，一口气跑到办公室，一看里面的情景还是傻了眼。

只见林玲玲正坐在自己电脑前，逐字逐句的读他的QQ聊天记录，而纪录上方的头像，正显示着一个妖娆女子。没错，是他最亲密的异性网友，雨后轻虹。周江恨不得打自己一个嘴巴，走时怎么只关了显示器，没关电脑？

林玲玲一声冷笑："雨后轻虹，你呢？风前晓月，真是天生一对啊，看来我是多余的人了。"说着头也不回地出了门。周江要抓一把没抓住，只能眼睁睁看着林玲玲的倩影消失在他的办公室里。回过头来，周江不由把一腔怨气撒在电脑上，他用鼠标狠狠地在雨后轻虹的头像上按了一下，又点了"删除"，当信息框询问他"是否确定删除"时，他还是犹豫了，最后点了"否"。

雨后轻虹是周江半个月前的晚上认识的女网友，两人都没有语音和视频，只是通过键盘交流。雨后轻虹自我介绍说是某报社的特约编辑，文字能力出神入化，连自诩为才子的周江都甘拜下风。渐渐的，周江有些喜欢上了虚拟世界里的雨后轻虹，在他印象里，看多了韩国电影的林玲玲实在是野蛮得过分。他半开玩笑地展开了爱情攻势，连网名都改了个门当户对，风前晓月。但雨后轻虹只是若即若离，每回一触到那个敏感话题便匆匆下线。这件事本来是周江的最高机密，没想到今天让林玲玲看破玄机。

整个下午周江都是心神不宁，他爱的当然是现实中的林玲玲，网上那个不外是种心灵交流嘛。下班时间一到，他立刻打车奔林玲玲家里。按照以往经验，只要去哄一哄就好

我的美丽妈妈

了。但等他进了门,林玲玲一扭头躲进卧室里不出来,他的准岳母连喊了几回也没用,看来情况不妙啊。

这时他准岳父正在摆弄一台笔记本电脑,看见他干坐在那里挺不是滋味,就招呼他:"小周啊,你来修修看,玲玲这台机子是不是中了毒了?"这下周江的精神头可来了,三下五除二便找到病根,是中了病毒。就在杀毒过程中,他在一份文件中看到熟悉的四个字:雨后轻虹。

周江只觉心头狂跳,难道说林玲玲就是雨后轻虹?两人明明是两个职业嘛。他飞快地用黑客技术打开聊天记录,那一行行话语再熟悉不过,原以为是个三角恋,结果还是单线联系啊。这下周江高兴了,他几步就跳到卧室门前,连敲几下说:"玲玲,原来你就是雨后轻虹啊,现在误会解除,你该出来了。"

门呼的一声开了,但林玲玲还是冷着一张脸:"不错,我就是雨后轻虹,特约编辑是我的一份兼职,但我不会原谅你。"为什么?周江听得都糊涂了,"难道你还吃自己的醋?""是,我就是吃自己的醋,在你心目中,林玲玲和雨后轻虹是两个人,你也同时付出了两份感情,就是说你的感情出现了走私,我不会接受你这份不纯洁的感情的。"

周江听得脑袋有两个大,正打算再解释几句,林玲玲打断了他:"我再问你一句话,就是你要向雨后轻虹求婚呢,还是林玲玲?要是前者,作为林玲玲的我便是遭到拒绝,那咱们就没戏了。要是后者,作为雨后轻虹的我也会不高兴,事情还是免谈。"周江连忙说:"那我都求!""都求?"

林玲玲轻笑一声："你有犯重婚罪的倾向啊，大哥。要是明天中午还答不上来，哼！"林玲玲说着扭头进了卧室，然后用力一关门，"砰"。

门外的周江听得直犯傻，心说不愧是做编辑的啊，弄起文字来让人不服都不行。这个问题看上去好像很有道理，可是怎么回答都会错，这不难为人吗？一扭头看见边上的两位老人，忙要他们劝劝林玲玲。准岳父笑笑："女大不由爹啊，不过我可以给你提个醒，那个问题其实是把一个人看成了两个，要回答的话，就要把两个人再合为一个，至于怎么合得靠你想了。"

周江苦着脸向两位老人告辞，提起随身带的包要走，忽然看见包里有一样东西直晃眼，不由灵机一动，忙凑到两位老人面前低声说："你们看这样行不行？"

天色黑下来的时候，林玲玲饭也没吃一口，老是盯着屋顶发愣，其实她心里也舍不下周江的。心烦意乱之下，她走到客厅打开笔记本电脑，开始上网。一上线，电脑屏幕下方就出现一个头像跳动，点开来，发现是风前晓月，也就是周江。话框里显着他一张号啕大哭的脸，下面是一句话：雨后轻虹吗，你那个问题我答不上，咱们再聊最后一回行吗？林玲玲看得心里一慌，不过表面她还是一幅矜持样子，打过去一句话：是我，有话快说，给你五分钟。那边飞快发过个笑脸来，同时发过一个语音和视频申请。林玲玲记得自己的笔记本是没有这种设备的，刚要拒绝，忽然看见电脑上连接着一个视频头，另一端是耳麦。这才想起老爸忙活了一下午，

我的美丽妈妈

原来是装这个。她用鼠标点了连接,很快就看到了周江的相貌,同时耳麦里传来周江的声音。

周江开始了声情并茂的倾诉,讲述两人从相识到相恋,那一段段美好的时光。听得林玲玲心如刀绞,不由后悔起那个问题来。但知道对方也在看着自己,所以还是装着一副冷漠样子:"四分三十秒了,要回答那个问题吗?你要向雨后轻虹求婚呢,还是林玲玲?"周江一下子从凳子上跳起来,急切地问:"玲玲,如果我答不上来,你真的要和我分手?"林玲玲犹豫了半天,还是回答:"是。"忽然,周江笑着问了一句话:"那你现在是雨后轻虹呢?还是林玲玲?我喊了两个名字,你两次都答应了。"林玲玲有些莫名其妙,"两个名字都是我啊。""好,那我现在向你求婚,请接受我。"林玲玲一下想起那个问题来:"你向哪个我求婚呢?"周江激动地说:"我只向'你'求婚,因为你现在一个人使用两个名字,所以同时也是向雨后轻虹和林玲玲求婚,请接受我吧。"

林玲玲这才知道上了当,但这个当上得好幸福,不由低声说:"我接受。"都说少女情怀总是诗,林玲玲觉得自己的情怀像故事,以前总觉得和周江的恋情平淡如水,所以刻意转了几个弯,这份感情果然分外浓稠起来。

如此白大褂

靠地里刨食的刘老汉老两口这几年疾病缠身，老伴患腰腿疼多年，刘老汉则是闹眼疾，看东西半清不明。跟前又没儿没女的，老两口只好相扶着到当地几家医院看病。没想到家里那点钱折腾了个干净，却没啥效果。前几天一位大夫讲，老伴有瘫痪的危险，无奈之下，刘老汉只好跟乡亲们借了三千多块钱，带老伴直奔省城大医院。

到了地方才知道，大医院不比当地医院，满眼全是人，连个挂号的地方都找不到。正好一位穿白大褂的男人走过来，忙上前打听。这人说："腰腿疼吗？腰腿疼专家王大夫正在门诊楼旁的房子里义诊，不用挂号的。"

刘老汉千恩万谢，然后带老伴进了房子。只见王大夫鹤发童颜，一身白大褂，看上去那么亲切。号完脉后，王大夫说好治，开了四百多块的中药，并告诉刘老汉，一星期后复诊，要见效的话连吃三个月，保证去根。

我的美丽妈妈

刘老汉和老伴心里高兴,转念一算账又愁上了。这要回去再来复诊,该花多少路费啊。老两口一合计,干脆住旅馆吧,省吃俭用的,比来回跑强多了。当下就在医院附近找了个便宜旅馆住下。

刘老汉蹲在旅馆门前煎药,煎好后把药渣倒在垃圾堆里。旁边过来一个胖老头,看了半天药渣,忽然蹲下来边拨药渣边摇头,说:"这位师傅,中药讲配伍,像什么君臣啦,正反啦,你这个药好像配伍不大对啊。"刘老汉纳闷:"啥配伍?我老伴腰腿疼得厉害,这是大医院的医生给开的中药。"老头一听笑了:"要说腰腿疼,我包百灵倒有一个快速见效的偏方,让我看看病人怎样?"刘老汉一听动了心,他正愁三个月的药钱怎么筹,听说快速见效,马上带包百灵进了旅馆。

包百灵切完脉呵呵一笑,说:"包你吃五天药,变成好人一样。"说着拿出药丸来,十五颗,居然要价九百元。刘老汉再老实也犯开了嘀咕,这也贵得离谱了吧。百灵看出他的意思,笑着说:"这药是贵点,里面有好东西,野山参何首乌下了不少。吃下我的药,明晚就见效果。"刘老汉见对方言辞恳切,也就将信将疑地买下了。

刘老汉不再让老伴吃医院里开的中药了,改吃刚买的丸药。到第二天傍晚,老伴还真有了反应,就是不大对,全身乏力,虚汗淋漓。那个包百灵卖得别是假药吧,刘老汉气得在屋里团团转,老伴心疼那九百块钱,更是着急上火。

刘老汉想还是先给她买点水果补补水吧,可别出个好歹来。出门看到路边有个卖橘子的摊，刘老汉掏出十元钱来，过去跟摊主老头买了一斤，倒找回一堆毛票来。刘老汉回头就走，边走边点手里的毛票，点完发现，多找回五毛，他掉头直奔橘子摊，打算还这五毛钱。没想到刚过去，摊主神色大变，扭头就跑。刘老汉这个纳闷，跑什么啊，五毛钱便宜我可不占，随后就追。两人一跑一追，不觉就上了马路。对面一辆摩托车飞驰而来，摊主躲闪不及，撞了个正着，顿时昏迷不醒，血糊了一地。骑摩托的是个小青年，见势不妙一加油门，跑了个飞快。

刘老汉赶紧冲过去，大声招呼，"救人啦！"伸出手打算拦个车奔医院。不想过来的几辆车理都不理，呜的一声都开走了。刘老汉心里直骂，我们乡下人大字识不了几个，也不像这样啊。正在焦急，对面来了个穿白大褂的老头，这人总算有职业道德，过来三两下就止住了血，然后打手机叫车。才几分钟，一辆救护车就呼啸着来了，把摊主抬上车，白大褂也跟着上了车。刘老汉要走，不想白大褂说了："你是车祸的目击者，还是等警察来录了证词再走吧。"这么一说刘老汉也只有上车。

救护车开进了医院，正是刘老汉给老伴看病的那一家。急诊室里马上展开急救，刘老汉和白大褂等在外面。原来白大褂不是这家医院的大夫，他在外面开着一家诊所，这次纯属是巧遇。过了一个钟头，摊主总算醒过来了，被推进了病房，这时候医生把医疗费单子送过来，连急诊费带住院押金一千多元。那个摊主一看就傻了眼，踌躇了半天说："我是

我的美丽妈妈

从乡下进城来谋生的,无儿无女,更没什么积蓄,一下子拿不出这一千块钱来。"白大褂摸了摸兜,遗憾地说:"今天没带钱。"刘老汉看见对方也是无儿无女,想起自己来,不由动了恻隐之心,从兜里一下子拿出仅余的一千块来,说:"我先垫着,出院以后再还我。"

这时门一开,几名警察走进来,他们是来录车祸的证词的。刘老汉一五一十讲起来,末了说:"城市人真是冷漠,见死不救啊。"白大褂一边同意地点头,一边把白大褂脱下来,病房里实在是太热了。

突然,刘老汉的两只眼珠子瞪圆了,他认出了白大褂,正是卖给他丸药的包百灵!刚才包百灵身穿白大褂,刘老汉不敢怀疑他就是那个骗子,眼神又不好,愣是现在才发觉。他一把揪住包百灵的衣领子,吼道:"你这个骗子,还我的钱来!"

警察们都愣了,不知道是怎么一回事。刘老汉怒不可遏,跟警察们讲起受骗的经过,最后警察都把目光盯到包百灵身上。

包百灵微微一笑:"你老伴吃了药全身乏力,虚汗淋漓?这就对啦。我这药下得猛,祛浊化瘀,必然会难受一阵子,以后就一天好过一天了。"刘老汉哪里肯信,还是揪住不放手,警察也是半信半疑。

正闹得不可开交,医院保安和院长循声进来了。院长一进来就说:"我可以证明,包大夫不是骗子,因为他是我们医院退休的老院长,经他研制的治疗腰腿疼的中药获过国家大奖。"刘老汉看看包百灵,怎么都不像个院长。猛然说:"他不是骗子,那你们是骗子喽?我老伴可是你们院的王专家看的,他说王专家的药配伍不当,到底谁是骗子?"院长直犯糊涂,我们这里没个治腰腿疼的姓王的专家啊。

这时病床上的摊主躺不住了,他用颤颤巍巍的声音说:"医生,给我穿上白大褂你们就明白了。"大伙儿都愣了。一个医生上前真给他套上,然后摊主对刘老汉说:"你仔细看,我是谁?"刘老汉看得眼珠子都差点掉下来,王专家!

摊主断断续续的讲明情况。原来他长的鹤发童颜,颇有几分名医的派头,被人雇用在房子里冒充专家,反正不管什么病人看什么病都是卖廉价中药。但是每天二十元工钱不够花,所以晚上还要卖一阵橘子。刘老汉买橘子返回还钱时,他以为露出了马脚,一阵猛跑结果发生了车祸。其实刘老汉病眼昏花,根本没看出来。刚才刘老汉垫付了一千块钱,大受感动下才说明真相。

警察问:"那你的雇主是谁?"摊主让人把身上的白大褂脱下来,一指院长身后身穿制服的保安:"给他穿上。"众目睽睽下保安只好套上,刘老汉很快辨别出来,他就是刚进医院时给他们指路的白大褂。

保安被带下去了,老院长包百灵冷冷地说:"我说医院大院里的房子怎么会出骗子,原来是有家贼。"院长脸色一红:"我只知道保安付钱租了房子,有个白大褂整天出出进进,至于是什么人我也不知道。"

一旁的刘老汉挠了半天头,说了这么一句:"我们乡下人只知道穿白大褂的就是医生,今天你们脱了穿,穿了脱的,到底是大夫还是骗子,我瞧着实在眼晕。"

伤心糖葫芦

她和他在同一个办公室,背靠背的两张办公桌,常常一抬头就能看到彼此。她和他经常听同事说:你俩啊,真正的郎才女貌,既然郎未娶女未嫁,何不结成一对?

他只是笑笑,一副当玩笑听的样子。她却动了心思,在每天早上上班前,都给他抹了桌子,泡了茶,还在茶里偷偷放了冰糖。茶水是甜的,她的心更甜,想来他就是个木头人,也知道自己的情意了吧。

可是,他真是个木头,喝完茶,只是点点头,说声:谢谢。就没了下文。木头!她在心里叫了一千遍木头,真想就此罢休,可是,每天还是照例给他抹着桌子,泡着茶。

五一假期前,他忽然若有所思地问她:你的家乡是沂源对吧?听说是牛郎织女传说的发源地,可否陪我一同前往?刹那间,她觉得生活是如此美好,就连千年木头也开了花。就这样,两人踏上了沂源的灵山秀水。

在天成像,与地成形。沂源的一条河,把牛郎庙,织女洞分隔两岸。就如同天上的银河般,把一对恋人远远隔开,这一隔,就是千年。他在她的引领下,细细观赏这些奇景,只是赞叹,却没有对她更多的诉说。她边走边说着,天孙台、连理树,这里面有着怎样的爱情传说,想着他的心即使真是木头做的,也该捂热了吧。

终于来到一座石桥,桥上熙熙攘攘,有很多叫卖糖葫芦的摊点。她走上去,故意念起了诗:我愿做一块石板,任风吹雨打五百年,只为有一天,能看着你从桥上过。他还是笑笑,不接口。她的一颗心渐渐凉了,故意看看钱包,然后大声说:我没有零钱了,可否给我买一串糖葫芦?他掏出一元钱,买了串糖葫芦递给她。她接了,心里却在说:你一定不知道,家里人正逼着我和别人结婚吧。木头人,这是你唯一给我买过的东西啊,难道说我们只有这一串糖葫芦的缘分,此后便是陌路?

她咬了一口糖葫芦,酸酸涩涩,不由滴下一滴泪,打在石桥上。

一路无故事。回到单位,上班第一天,她发现他的位子空了,别人告诉她,他递交了辞呈。

家人逼婚更紧,她只好匆匆完婚。就在婚礼前一天,她上街的时候,偶然一回头,竟又看到了他。她完全不顾新娘子的身份,跑上前去一连串地问:你去了哪里?为什么不告诉我?你结婚了吗?他却答非所问:我要去听音乐会,你能一同去吗?她去了,以为两人会在剧场里互诉衷肠,但他没

我的美丽妈妈

有，他始终正襟危坐，一言不发，仿佛完全沉浸在音乐的旋律里。然后，竟独自提前离场，放任她呆坐到剧终。

是了，她和他早就应该剧终，只是她不肯谢幕。

十年。十年后的她是一位贤妻良母，上得厅堂下得厨房，只是从不肯吃糖葫芦，说受不了那股酸涩。十年后的他开始时无声无息，然后忽然就声名鹊起，成了一位作家。

这一天，她带着小女儿在书店里买书，就看见了一部畅销书上的他。封面右下角画着一串糖葫芦，封二是他的照片和简介：残疾人、著名作家。

残疾人？她慌里慌张翻到作者的自序，一字一字看下去。只见上面写着：十年前，耳疾越来越重，我只有辞职搞写作。一切皆可放手，只有一串糖葫芦无法忘怀。所以，我的每部作品的封面，都有糖葫芦作为款识。我愿以此生所有文字，来补偿被我伤过心的一个人。

蓦然回眸，她完全明白过来。他为什么面对自己的情意会化为木头，为什么辞职前要和自己同游沂源，为什么婚礼前一天，会"正好"遇到自己，然后答非所问地去听音乐会。所有的问题刹那间都有了答案，她恨恨地想，你难道不知道，真爱可以跨越一切，何况区区的残疾？

看着两鬓渐斑的他的照片，她心头忽然有种莫名冲动，要去寻回失去的十年。就在这时，耳边传来女儿的声音：妈妈，我想买串糖葫芦，好不好？她才猛然醒觉，再聚首是不可能了，因为两人之间也有条天河在阻挡，那就是时光。

整蛊大王吃活鱼

说起整蛊大王王明明，在这所中专学校可是鼎鼎大名。别看他年龄不大，鬼点子可不少。班上四十个人，几乎人人吃过他的苦头。四月一号这一天，王明明眼珠子一转盯上了一个人，他的御用受气包张小小。

张小小长得小鼻子小眼，浑身透着一股纯朴气息。就因为这个，王明明就对他格外"照顾"，他的十个鬼点子里有五个用在张小小身上。今天他又冒坏水了，对着张小小耳朵一阵嘀咕："小小，我亲眼看见，有十几个老师坐车到市里开会去了，可运进小厨房的鱼还是一整筐，你的明白？"

张小小一听口水都流下来了。这所学校有两间厨房，一间是学生们的大厨房，整日里萝卜白菜，借用李逵的名言，嘴里都淡出鸟来了。另一座是小厨房，聘着戴白帽子的厨师，味道好不用说，重要的是便宜，一条糖醋鱼十元！不过只供应老师，偶尔有剩下的也卖学生。不过那得瞎猫逮个死

我的美丽妈妈

老鼠，碰运气。

"当真？""当真！""果然？""果然！"张小小飞速向四下扫了一眼，见没人注意，马上使开飞毛腿，夹着饭盒直奔小厨房。

王明明带着一脸坏笑，走进宿舍正打算回味刚才的战果，忽然一阵香味飘来，张小小端着鱼回来了！金黄的鱼身发出诱人的香气，像一只只小手撩拨着王明明和宿舍另六名同学。王明明声音涩涩地问："真，真有鱼？""是啊。"张小小吃得头都不抬。就听嗷的一嗓子，另六名同学像六只离弦的箭般蹿出去，眨眼不见踪影。王明明咽了口唾沫，心里苦笑，这回啊，是瞎猫逮了个活老鼠！

风声一响，六个同学齐刷刷地出现在张小小面前，只是都变成了凶神恶煞。宿舍老大，也就是舍长厉声问："张小小，小厨房早关门了，你是不是拿我们开涮？"张小小恋恋不舍地从鱼上抬起头，笑着回答："我买的是最后一条，你们去晚了。"六个人对视一眼，还是老大发话；"你说，我们宿舍八个人是不是有福同享，有难同当？""是啊。""那好，为什么有这样的情报，不告诉我们大家？"张小小一脸冤枉："是王明明告诉我的，没告诉你们吗？"

王明明早就知道不妙，正要溜出去避避风头，早被六条好汉挡住。眼看少不了一顿暴扁，张小小说话了："各位，明明耽误了大家吃鱼，就让他赔偿大家一顿鱼吧。去外边水鱼馆，一人一条。"

王明明大惊失色，忙解释："其实我就是开个玩笑，不想……"哪有人听他的，早被架出去，把他塞到校外水鱼馆的主位上。很快八盘鱼摆到八个人面前，七个人风卷残云，只有王明明紧一口慢一口的，像在吃药。这里每盘鱼二十，八盘一百六，他哪还有胃口。

好不容易吃完，王明明端着一副苦瓜脸跟老板结完账，正要走，老板看到后边的张小小，说了句："这位同学真是爱吃鱼啊，一会儿工夫吃了两条。"

这下坏了，王明明登时瞪起了眼珠子，像要把张小小吃了："你那条鱼，是从这里买的？"张小小打着饱嗝，笑嘻嘻地回答："王哥，你一年到头拿我开心，今年愚人节就让兄弟愚一回吧。"

会动的雕塑

我是个雕塑艺术家,准确地说是抽象雕塑艺术家,一大堆国际获奖证书可以证实我的水准。这一天地产商牛老板慕名而来,说要让我给他新建的小区塑一个铜雕,好提高小区的艺术品位。老实说我对这些老板们没好印象,又不好推辞,便说出一个吓人的价格。想不到牛老板竟满口应承,看来我只好走一趟了。

来到小区,其实还是没完工的工地,机器声,喧闹声不绝于耳,工人们光着膀子里里外外忙活着。我为了寻找灵感,只好顶着烈日转来转去。这一转我的肌肤受不了了,大太阳照着火辣辣地疼。拿出镜子一照,快变成了非洲黑人。我忙不迭地想找个荫凉躲过这个大中午,一抬头,见前面不远处有家化妆品店,便走了进去。

小店不大,看店的是位十八九的姑娘。我直奔防晒霜专柜而去,要了支一百一十八元的安丽丝,就在店里涂抹起来。这时门一开进来两个人,前面是个年轻的小伙子,满头满脸都是沙土,看来定是工地的民工。后边女人头发凌乱,一张皱巴巴的脸晒成了古铜色。一进来他们就奔防晒专柜去了,小伙子看来和小姑娘熟,喊对方小丽:"小丽啊,你这里什么防晒霜最好?"小丽笑着说:"阿强,安丽丝是国际进口货,价格也便宜,才十八元。"什么?我听了吓了一跳。没想到那女人看起来还嫌贵,磨磨蹭蹭不肯掏钱。那个阿强急了,一把掏出十八块钱递过去:"乡下的日头多毒,咱买了!"

那女人喜滋滋地拿着防晒霜出去了。阿强没走,看样子还要和小丽说几句话。我几步走过去,问阿丽:"怎么你卖给我和卖给他的价格不一样?欺负我外地人?"小丽还没说话呢,阿强已经笑着解释:"我怕她嫌贵,事先便给了小丽一百块,刚才只是演一出戏。"这么一说我明白了,仔细观察手里的安丽丝,确实是高档货色。小丽也要解释,这时那女人又进来了,喊阿强一起走。小丽忙转了话头:"安丽丝是国际品牌,难得您儿子孝顺……"

话还没说完,那女人像被针扎似的跳起来,一把将安丽丝扔到柜台上,夺过小丽手里的钱就走:"阿强,我们不买了!"说完气呼呼地拉着阿强出了店门。

不大会儿,阿强一个人走了进来,苦笑着向我俩说明:"那是我老婆兰子啊,她今年才二十八,现在闹着要和我离婚,说她长得老相,配不上我!"老婆?可是看她那副模样,真看不出还不到三十。阿强解释,他们这些在外打工的

我的美丽妈妈

男人常年不回家,家里种地、喂猪、看孩子、赡养老人,都得女人们撑着,整天风吹日晒的,能不显老吗?再过几天是中秋了,他们赶工程进度回不去,所以兰子和一些工友的老婆才从家乡来看望丈夫。阿强见兰子的脸晒得像个老太太,这才要买个高级的防晒霜。但老婆兰子是仔细惯了的人,一定舍不得花一百多块的,这才安排了刚才一幕,没想到被小丽演砸了。

看着小丽那副后悔样,我忽然灵机一动,说:"你再领她进来买一回,保证兰子不和你离婚!"阿强半信半疑,还是出去了。等他们两口子进来时,我已经把自己的近视眼镜给小丽戴上。一进门她就凑到兰子跟前说:"这位小姐好漂亮啊,是阿强夫人吧,真是郎才女貌。"兰子有些奇怪,说:"你刚才不是说我是他妈吗?"小丽故意仔细打量了她一番,然后恍然大悟似的点了点头,"是啊,刚才的确见过你,不过我那时没戴眼镜,再加上您这身过时的衣服,所以——现在不同了,其实你只要买点化妆品,在配身合适衣服,比我们城市人都漂亮呢。"

兰子听了马上高兴起来,她笑着扫了一眼丈夫,兴致勃勃地掏出十八块钱买了安丽丝防晒霜,临走时说:"你这人真不错,等回去一定给你做广告。"

我和小丽只当她是随口说说,没想到才一会儿,六个乡下女人就拥了进来,领头的正是兰子,她说:"你那十八元的防晒霜真好啊,涂在脸上又清爽又白嫩,所以就领工地上的姐妹们来抢购啦。"说着还冲她挤挤眼睛。小丽登时就傻了眼，这可怎么跟老板交待啊。忙临时找了个借口："对不起，现在要盘点了，不营业。"这一说女人们都停下来，露出了满脸失望。还是兰子开了腔："妹子，你看她们脸晒的，乡下人进趟城不容易，等我们买完了再盘点吧。"眼看小丽急得要说出真相，我不由心软了，凑到小丽耳朵边，告诉她尽管卖，差价我补了。

女人们重新喧闹起来，不大会儿一人一支安丽丝，交了钱嘻嘻哈哈地走了。我点了五百块钱给了小丽。正要走时，忽然闯进一伙民工来。领头的正是阿强，他问小丽，怎么又按十八元的价卖了五支安丽丝？小丽指指我，说明原委。顿时有五位民工走出来，对我热切地说："今天我们没钱还你，明天中午，一定有钱还的。"我正要说不用了，忽然心里一动，问："明天要发工资了吗？"阿强接话了，他说："老板说了，我们的工资等工程结束后才算，这些天他只管吃住。所以我们身上都没几个钱。我那一百元，还是卖血得来的，明天他们五位，也要卖血去。"

我听了不知说什么好，想了想才答复说："钱不用你们还了，只要你们的妻子给我打打工。"

才两天工夫，我就通知牛老板雕塑完成了。牛老板约了许多大腹便便的人物参观，各式小汽车停了一片。雕塑是用大布蒙着的，我招呼他们都近前来，然后猛地掀开大布。顿时，现出一群乡下女子的群雕铜像来。众人开始啧啧赞叹，称赞说雕得惟妙惟肖。我冷眼旁观，然后喊了声："收工。""群雕"登时动起来，原来她们本就是活人！

我的美丽妈妈

　　牛老板恼怒了,他一把揪过我来:"你还想不想要酬劳了?"我摇头笑着:"分文不取。因为我想不出,还有什么更好的形式,能反映城市建设者的真实风貌。我告诉你,除了衣服专门配了古铜色以外,她们的肌肤没涂任何颜料!"

教授的赌局

余扬在湖海大学对面经营着一个书店,这一天他刚打开店门,一个风度儒雅的老者走了进来。这位是湖海大学的经济学教授,名叫金力。没课的时候金教授经常来书店坐坐,和余扬也算老熟人。

金力坐下来对余扬说:"依我看,你的经营方式有问题,要是听我的,保证要强得多。"余扬听了也没当回事:"金教授,要说讲理论您行,但是开书店,嘿嘿……"金力摇摇头,一本正经地说:"要不咱们打个赌,我也开一家书店,为期一年,要是赚不过你这个店,情愿输你一万元。"余扬听出不是说笑,忙说:"这一行竞争激烈着呢,您身体又不好,还是别掺和啦。"余扬说得可是真话,校门口不光有他这个书店,另外还有七八个店和地摊,那竞争叫一个惨。没想到金教授呵呵一笑:"实不相瞒,我正在撰写一篇论文,是关于经济活动的,需要具体实例,所以才打算办书店,也好体验一下市场经济。要当心啊,说不定我会让这个市场重新洗牌呢。"

余扬听完还是不以为然,不料一星期后,一家新书店真在他隔壁开张了。老板不是别人,正是金力教授,还雇了个远房亲戚帮忙搞销售。余扬心里一点都不怕,心说斗就斗吧,我十多年的经验还怕你个纸上谈兵?

金力的书店开业伊始,就奔大城市批发来一包包正版书,像列兵似的排在架子上,内容天文地理,中外名著无所不包,而且价格比其他书店都低。以往门庭若市的余扬书店和其他几家一下冷清下来,他们不光贵,还都是盗版书,这种书比正版的利润大得多,但是就怕货比货,从纸张到印刷,差老大一截,学生们哪里还肯光顾。余扬这才知道,狼真的来了。和其他几家一商量,全线大降价!暗想我们成本低,看谁更便宜。

价格战的大幕拉开了,金教授沉着应战,把正版书的价格也降了下来,始终和其他书店的价格同步。这一来余扬坐不住了,以往上千元的营业额成了几百元,那点利润还不够交房租。无奈之下,他直奔大城市,也开始经营正版书,同时抛售盗版书,跳楼大甩卖。但一番折腾下来,还是没见起色。主要就是价格太低,有的甚至都赔本。至于盗版的,更是成了仓库里的老住户,再便宜也没人理。

这一番龙争虎斗下来,几家书店都吃不住劲儿了,余扬带头歇业,心说这个价你金力也挣不到钱。我们歇业后你肯定得涨价,作独家买卖,那时我们再跟进,还不定鹿死谁手呢。几天工夫，校门口的书店只剩下了金教授一家，但出乎余扬他们预料，金教授打出了"正版书，白菜价"的旗号，也就说价格还要降，降得破纪录！人们都说，金教授别是疯了吧，这还不赔个精光？

在一个公开场合，有人问金教授内中缘故，教授侃侃而谈："我先说了个经济案例吧，有一家国际饲料进出口企业，进一吨饲料价格是一千，只卖九百八。因为便宜，销售份额占饲料市场的百分之八十。信誉度又好，所以和供货方能赊账，跟购货方能预收货款。这样一来手上常有几十亿资金闲置。他们就把这几十亿投到融资市场，赚另一个领域的利润。有个名词，叫借鸡生蛋。当然我这次另有奥妙，只是想说明，经济领域的弯弯道道多着呢。"

消息传来，几家店主都坐不住了，骂骂咧咧地收拾铺盖，另谋高就。只有余扬坚持着观望，他还记得那个赌约呢，他想，输就输吧，一万块买他的经营经验。再说金教授说了只开一年店，以后还不是自己一家的生意？

虽然这么想，但这么干坐着他也觉得没意思。这一天他出去遛了遛，忽然发现那些地摊生意竟出奇好。凑过去一看，发现都是一些鬼怪故事，小姐二奶一类的书籍，老远看去花花绿绿，煞是引人注目。余扬本来是不屑卖这些的，这时也动开了心思，这种东西打政策的擦边球，销路也不错。赚钱才是大道理啊，心动之下直奔书市也进了一大批。

第二天店门一开，新书上架，生意果然火爆起来，人来人往，乐得余扬合不拢嘴。不想才过了两天，大学生们又不

我的美丽妈妈

上门了。这时就听隔壁,金教授的书店人潮如涌,原来金力教授发挥人力资源,找来本院的杨教授李教授几位教授作讲座。题目起得响亮,"论中国鬼文化""分析二奶现象的社会成因"。余扬暗骂,这是要赶尽杀绝啊。

不光是他,那几个地摊也没人问津了。地摊摊主们纷纷拥进了余扬的店里,找他商量:"要不咱卖点带色的吧,不然哪有人上门?你不是路子广吗,能不能搞到一些?"余扬立马反对,说咱卖书得讲良心。那几个人说:"这也是逼的,现在钱多不好挣啊,你不搞我们自己想办法,不过得替我们保密。"余扬答应。

过了几天,正当中午的时候,一群警察突然来检查书刊市场,那几个贩卖黄书的摊主被当场抓住,每家罚了两万块。余扬看见暗自庆幸,幸好没插手。

天擦黑的时候,一大帮人忽然冲进余扬的书店,为首的正是那几个摊主。他们直接质问余扬,说警察为啥知道得这么快?肯定是你报告了警察。余扬忙否认,那些人哪里肯听,一拥而上就要砸他的书店。这时一个人进来,声音不大,却分外威严:"是我报告了警察,跟他没关系。"正是金力教授。人们面面相觑,不大相信。金教授气愤地说:"昨天有学生告诉我,你们在卖黄色书报。你们想过没有,买书的是大学生,国家未来的希望啊。"余扬觉得心头就是一热,不由忘了以前对金力的怨气,腾地站出来说:"我们都是有儿女的人,卖书得讲良心,哪能为了一点钱,就毒害别人的儿女?"话音方落,就见金教授对余扬看过来一道赞许的目光。人群中有人听了开始后退,但那几个摊主不甘心,忽然喊了一声:"你们让我们破财,就得偿还。"说着拥上去对余扬和金教授拳打脚踢。

正巧有金教授的几个学生进来买书,见状慌忙冲进人群,把金教授和余扬解救出来。只见金教授面色潮红,呼吸急促,嘴里嘟囔着:"我的心脏病犯了,快送医院!"救护车很快驶来,把教授送往医院。

金教授一住院,他的书店也就关了。这时那几个地摊都撤走了,因为不撤也没生意,自教授们开办讲座以来,学校的风气为之一变,没几个学生愿意再看那些乌七八糟的东西。余扬的书店成了校门前的唯一一家,里面清一色的正版,生意渐渐走上了正轨。

快过年的时候,余扬收拾店里的东西,准备回家。这时五位老教授走进店里,当先的是以前做过讲座的杨教授。一见面,杨教授就说:"我们是遵照金力教授的遗嘱,来履行他的赌约来了。"遗嘱?余扬心里不由打了个突,急问:"他,出事了吗?"几个教授对视一眼,低声说:"那天虽然及时送到医院,但是因为书店的过度操劳,十几天后还是……这是他的遗嘱,你看看吧。"

一张手掌宽的纸条,写着如下几行小字:我这一住院,生意耽搁,只有输给你了。我和我的五个合伙人一商议,店里剩下的书,价值不下于一万,都可以赔给你。另外正月里你会收到一本书,那是我送给你的,一定要细心看看啊。

五个合伙人?余扬疑惑地抬起头,看到杨教授他们正目光炯炯地看着他。杨教授说："五个合伙人就是我们这五个老头子。我们发现校门口的书刊市场不健康，对学生影响很坏。你想我们这一班老头子没日没夜，耗费一生教书育人的心血不就白费了吗？所以才集资办个书店，好把校门前这一文化阵地夺过来。但我们岁数都大了，所以一直想找个可靠的人，帮我们占领阵地。老金老早就说你这人不错，那个赌约其实是考验你。打架那天你说的话，金教授转述给了我们，所以一致决定，我们全力支持你，不光送书，我们还要进行资助！"

余扬觉得受之有愧，忙推辞："那个赌局只是个玩笑，我不能收书，也不接受资助。"杨教授面色一整，说："别推了，我们资助是有条件的。一、书价保持正常利润，不然学生买不起。二、以后任何时候都得卖正版书。三、时常监督这里的书刊市场，一旦有不良书籍马上报告警察。"说到这里，杨教授又笑了："要是不答应这些条件，我们只好下海和你竞争了。"

余扬也笑了："你放心好了。"忽然想起那个疑问来，问："金教授把书价定得那么低，利润从哪里来？"杨教授面色凝重："我们根本就是在赔钱，就为把那些不健康的书店清出去，也为你以后的经营扫清障碍。就因为贴钱太多，金教授不得不外出替人补课，积劳成疾，才……"

一时间，屋里静悄悄的。

大年过完，余扬开始张罗书店，准备营业。这时一名邮递员进来，递给他一个邮包。打开来，是一本刚出的杂志。

社会万花筒之中国好故事系列丛书

余扬一下想起金力教授的遗嘱来,忙翻开来,只见标题写着:"经济活动中当以社会效益为先",下面写着作者,金力。余扬的眼眸不由蒙上了一层水雾。

民国木偶师

命运

民国初年,军阀混战,西北边陲也照样不得安生。这里有两股军阀对峙,驻守玉门的熊督军和关外以骑兵称雄的马大帅。

这一天,玉门城内,一个年轻人正在街头表演杖头木偶戏。他用一根命杆支撑木偶头颈,两根手杆操纵两手,使得四个真人大小的木偶嘴会动,眼会眨,一套三国戏赢得观众阵阵掌声。掌声虽多,扔钱的却没几个。也难怪,这年月几乎天天打仗,老百姓饭都吃不饱,哪会有闲钱给他?

一场演毕,年轻人正要收那几个铜板,被一个老板模样的人拦住:"先生技艺精湛,去我茶馆演出如何?鄙人姓周,就喊我周老板吧。"

在茶馆演出远胜在街头撂摊,年轻人闻言连忙致谢:"我叫陈奇，手上这个'命运'木偶戏班，眼见就支撑不下去了，有您帮忙感激不尽。"周老板听罢一笑："别人的班子，都叫什么'富贵''双喜'的，你怎么叫命运？此名何来？"

陈奇笑笑说："对木偶而言，命运在我手上，对你我而言，命运在上苍手上。命运两个字，谁能逃脱？"

命运木偶戏在周老板的茶馆开演了，谁知第一天就遇到了麻烦。原因是周老板有个妹妹叫红云，长得天姿国色，被熊督军看上，就派杨副官前来提亲。可熊督军都快五十了，年方二十的红云自然不乐意。于是，杨副官就来逼亲了。

陈奇第一场演的是《借东风》，也是酬谢东家的意思。木偶诸葛亮刚唱完定场词：七星坛上卧龙登，一夜东风江水腾——忽然杨副官气势汹汹地带两个马弁冲进来，问周老板："熊督军的意思你也敢违抗吗？说，你要收礼呢？还是收枪子儿？"

周老板哆嗦着说不出话来，客人们都噤若寒蝉，大气不敢出一口，整个茶馆静得如同午夜。就在这时，就听一个声音悠悠地说："光天化日强抢民女，还有王法吗？"杨副官霍地抽枪指向说话处，却发现是木偶诸葛亮。木偶自然不会说话，他就指向幕后的陈奇了。只见陈奇吓得腿肚子筛糠："不关我的事，是木偶自己说话的。"

杨副官凑到木偶面前，只见木偶嘴巴一张一合："熊督军贵为一方大员，如此行为不怕坏了名声！"千真万确，这声音是从木偶嘴里说的，杨副官素来迷信，脸色不由变了，不过还算镇定："男未婚女未嫁，有何不可？"

我的美丽妈妈

忽然周老板喊起来:"我妹红云已许配给陈奇!"陈奇目瞪口呆,犹疑不定的杨副官已递过话来:"看在木偶面上,饶了你这次!"

杨副官一走,周老板就张罗起陈奇和红云婚事来:"你俩要是不成婚,姓杨的一定不会善罢甘休。对了,木偶说话是怎么回事?"陈奇低声说:"我曾经留洋欧洲,制这木偶时掺杂了欧洲巫术,它们已经有了自己的灵魂,会自己说话。"周老板听罢半信半疑。

对于和红云的婚事,陈奇本来认为太过草率,可经不住周老板苦苦劝说,再加上红云楚楚动人,就同意下来。就在两人共入洞房的刹那,他却没看见,背后的周老板正阴阴冷笑:"木偶的命运由你操纵,但你的命运,却在我手!"

拼命

眼看两位新人入了洞房,周老板立刻打开院门,让杨副官带人进来。杨副官当先踹开房门,把尚未脱衣的红云扛起来就走,陈奇要拦,被当胸踢了一脚,倒在地上。

杨副官走后,周老板扶起他来:"想不到堂堂熊督军,居然也这么卑鄙无耻,我们也只有忍了。"陈奇一脸愤怒:"这个仇一定要报!"周老板闻听暗喜,连忙说:"三日后是熊督军的五十大寿,他一向喜欢看三国戏,由我找关系安排你演出祝寿,咱们就借演戏杀了他!"

这才是周老板的真实意图。其实他和杨副官都是马大帅派进来的奸细，目的就是刺杀熊督军。可是熊督军一向保镖围护，根本近不了身，这才打上了陈奇的主意，故意演出苦肉计，好激起他的怒火，然后靠他的木偶戏接近熊督军。至于红云，不过是妓院的一个头牌。

陈奇面对夺妻之恨，不由答应下来。他提议，那一天就演出《华容道》，因为是武戏，木偶带着弓箭，现在把假弓箭换成真的，到时找机会一箭射中熊督军的咽喉，自然毙命。

周老板听得连连点头。陈奇叹口气说："我还是第一次操纵木偶杀人，不激起它们的凶性，只怕不听话。"说着，他跟周老板要了一间空房，说要血祭木偶。

周老板听着犹疑不定，不过还是给他找了房子。在陈奇带木偶进去后，周老板趴在门缝里往里看，只见陈奇用刀割破手指，把血滴在每个木偶的头顶。

熊督军寿诞这一天，周老板果真把陈奇安排进去演出了。《华容道》一开场，就赢得满堂彩，尤其是熊督军，平日里他就自诩义气千秋，现在更是让保镖闪开，目不转睛地盯着关二爷唱念做打。

陈奇唱完：曹瞒兵败走华容，正与关公狭路逢，戏码该上演关羽义释曹操了，只见曹操痛哭流涕，关羽犹豫不决，忽而一举刀，却不下落，意思是让曹操由此走。就在曹操纵马行于刀下时，只见关羽手起刀落，将曹贼斩于马下！

这才叫新鲜，《华容道》演了上千年，谁也没看过曹阿瞒遭此大难的。熊督军立马就站起来了，这都哪跟哪啊？他这么一站不要紧，肥胖如猪的脖子就露了出来！只见关羽抽弓搭箭，一箭射中熊督军的领嗓！

熊督军倒地而亡，杨副官抢前一步，没有抓刺客陈奇，反而把院门打开，外面顿时挤进十几个持双枪的汉子来。领先的黑衣礼帽，正是盘踞玉门关外多年的马大帅，只见他哈哈大笑："姓熊的，你的地盘归我了！"

话音未落，只见本来倒地的熊督军又坐了起来："未必吧，你想钓我，我何尝不想钓你？"说着话，在座的几十位来宾同时亮出短枪！

熊督军怒视身后的周老板，周老板慌忙用目光找陈奇，发现陈奇举着他的木偶关公，微微笑着说："周老板，我的命运我做主，你还不能操纵我的命运！"

革命

周老板的声音里充满了绝望："我不相信，你能看破我的局！"陈奇不再回答，转身出屋。周老板想追，熊督军一边的人开了枪，顿时枪声大作。

陈奇出了房门，转身把门关了，眯着眼听里面炒豆子一样的枪声。早就等候在外的杨副官拍拍他的肩膀，然后一挥手，命人对着房门架起机关枪，狠狠道："不论什么人活着出来，格杀勿论！"

无论是熊督军，还是马大帅，他们谁也想不到，杨副官早被民国大总统袁世凯收买。至于陈奇，则是南方派来的革命党，本来就是袁世凯请来对付他俩的。

辛亥革命，南方革命党为了早日推翻满清，推举袁世凯当了民国大总统。不过此时天下并不太平，仍有不少军阀割据一方，不肯听从老袁的号令。玉门关内外的熊督军和马大帅，就是其中两股较大的势力。袁世凯久攻不下，就请南方革命党出人相助，配合反水的杨副官，让他们两个自相残杀。

这样一来，周老板的局便成了一场拙劣表演，陈奇乐得顺水推舟。杨副官则故意密报熊督军，让熊督军诈死反击。其实真正笑到最后的，是杨副官和他的袁系人马。

眼见机关枪已把马大帅和熊督军紧紧盯死，成了关门打狗之势，杨副官这才抓着陈奇的手，笑嘻嘻地走出院落。来到原先落脚的茶馆，杨副官拿出一张报纸来，给陈奇看："陈兄不愧留过洋，西洋腹语术玩得出神入化，只是，你看看报上写的是什么？"

陈奇接过报来，才看两眼就愣住了，上面写着：袁世凯登基称帝！他不由大怒："我们革命党推举袁世凯，就是要建立民主，他称帝算怎么回事？"杨副官嘿嘿冷笑："此一时彼一时，我要枪毙你！"

陈奇神色茫然，完全无视指向自己的七八条长枪。想不到革命党人出生入死，竟落得这样结局。难道革命一场，四万万民众仍然无法变革，受帝王压迫的命运？

想了想，陈奇对杨副官说："你可以杀我，不过我的木偶能说话，不是腹语术，而是因为受了我的精血，有了自己的生命。若我死了后无人操纵，它们就会聚在一起为我报仇。杀我之前，请让我先遣散它们。"

逃命

杨副官本来迷信，这样一听，还真怕这些木偶日后找自己麻烦，就说："那你快点。"

陈奇却不急："请让我跟它们唱最后一出戏吧，不然它们不会甘心走的。戏的名字是《捉放曹》。"

这出三国戏，演的是曹操逃亡途中，被陈宫手下捕快所捉。当陈宫知道后，就同他一起逃亡。不料半路上，曹操杀掉无辜的吕不奢一家，陈宫发现他心肠狠毒，便不再跟随。

唱完，陈奇躲在幕布后开始摘木偶们的唱戏行头，每摘一个就道一句："敲打四更月正浓，心猿意马归旧踪，谋杀吕家人数口，方知曹操是奸雄。"四句说完，木偶们便都光头了。杨副官知道陈奇在以曹操影射袁世凯，也不管他。

接下来，就该遣散木偶了。陈奇先拿过饰陈宫的木偶，嘱咐几句，挥一挥手，只见木偶竟自动开动腿脚，出院走了。杨副官看得呆呆发愣，大气也不敢出一口。然后是曹操、捕快、吕不奢，都先后走了出去。围困的众人眼见场面诡异，又没有杨副官的命令，就没有阻拦。

到最后，陈奇忽然一低头，冲向杨副官，看样子是要跟他同归于尽。杨副官慌忙下令："给我开枪！"一排枪响过，陈奇倒在地上，却没有血，只蹦出一团纠缠在一起的铁丝和齿轮！

杨副官立刻知道上当了：这东西和自鸣钟的发条一样，想必陈奇在幕后给木偶剥衣服时，他把自己扮成木偶，把木偶扮成自己，然后由发条自动操纵，自己乘机逃命！所谓木偶自己说话，多半是用了西洋留声机原理，预先录下的！要知道陈奇留过洋，搞出这些一点都不奇怪。至于当初往木偶头上滴血，不过是故弄玄虚，以防别人靠近木偶看破秘密罢了。

杨副官立刻带人出门追赶，不多时就把曹操等三个木偶抓住，却发现都是发条操纵的，而最先出门的陈宫始终没抓到，就此无踪。

索命

八十三天后，杨副官靠着大杀革命党，深得袁世凯赏识，已是玉门一带的土皇帝，自称杨大将军。因为袁世凯搞帝制，他也不再称督军了。

这一天，杨大将军正在和七姨太在茶楼看戏，演的还是三国戏《华容道》。看到关羽放曹操一场，不由就笑出声来。七姨太问："大将军因何发笑？"杨大将军摸摸后脑勺说："三个月前我也看过一场《华容道》，关羽居然把曹操斩了，这样一来，魏蜀吴三国的命运不就都变了？"

七姨太听罢也笑起来，她说："我没看过三个月前的演出，但我看您一笑，就想，曹操一笑笑出了关云长，您这位大将军一笑会笑出什么？"杨大将军再次摸摸后脑勺："这里是我的地盘，不管谁来我都不怕！"

我的美丽妈妈

就在这时,一个低着头的护兵过来,递上一张当天的报纸。杨大将军接过来就看,只见上面写着:南方护国军讨袁,袁世凯被迫退位!

杨大将军的一双手不由抖起来。他比谁都清楚,袁世凯一倒,失去靠山的他很快会被革命党消灭。就在这时,护兵轻轻吐出一句话:"皇帝没有了,你的命运也到头了。"然后拔出一柄匕首,刺入他的胸膛!

杨大将军倒下,他的保镖这才反应过来,一顿乱枪把护兵打倒在地,可是,尸体没有流出血,只蹦出一堆钢丝和齿轮……

社会万花筒之中国好故事系列丛书

天桥街头驴打滚儿

  一场世界级的运动会要在中国北京开始，大西洋某国的运动员普利斯，接到通知要随队前往。临行前，他爸爸老普从小木匣里拿出一块羊毛手巾来，嘱咐他一定要还给北京天桥的一位老朋友。

  据老普讲，这位老朋友人称"八只手"，当年老普到北京随团访问，有幸欣赏了八只手的杂耍表演。只见他把刀子、叉子、瓶子、帽子等零碎东西，一样一样扔到空中，再不停地接住投出，一直到十三样。这个绝活把老普给震住了，嚷着要拜师，可是人家不答应，他一赌气就把人家的手巾给拿回来了。等回来才发现，这手巾不一般，纯手工织的，上面绣着个八条胳膊的小孩，看起来可有年头了。当时老普就想还回去，可是后来没了机会。这回他一是嘱咐还手巾，还要儿子把八只手的绝活用手机拍回来，好重温以前的岁月。

我的美丽妈妈

普利斯一路轮船飞机,终于进了北京城。后天是比赛的正日子,所以第二天早上,普利斯就带着手巾,溜达到天桥了。到地方一看,嗬,高楼大厦,汽车如织,哪有什么杂耍场子啊。他的汉语不错,跟人家一打听,玩杂耍的八只手,结果是人人摇头,没听说过。普利斯也是没辙,干脆想了个笨办法,把手巾挂在身后背包上,然后在天桥周围四处转悠,备不住哪位认识,不就找到了吗?

这一转悠就进了个小胡同,这个胡同香啊,敢情是小吃一条街。卖猫耳朵的,炸麻花的,烤鸭子的,应有尽有。不过人最多的,是家卖驴打滚儿的,普利斯就挤进这家,打算尝尝这有名的北京小吃。

这家做驴打滚儿的店够绝的,在店门口搭了个大架子,架子上码着三层竹笸箩,由上到下一个比一个大。第一层笸箩里装芝麻,第二层笸箩里装黄豆面,第三层笸箩里装白糖。做驴打滚儿的师傅姓萨,手上功夫好,站老远就把包馅的江米团子扔到上面的笸箩里,就见团子一滚而下,滚到中间黄豆面笸箩里,再一滚,奔到下层的白糖笸箩里,最后一滚,滚到盘子里。样子还真像懒驴打滚儿,连滚几滚把芝麻豆面白糖都沾上了。

普利斯看着有趣,不由挤到了架子跟前。这时萨师傅端着一盆白糖往笸箩里加,刚好跟普利斯擦身而过。普利斯侧身一让,坏了,胳膊肘把笸箩架子挂倒了。关键时刻普利斯也露了一手,左右两手一伸,把两笸箩捧了个稳稳当当,最小的笸箩眼看要掉地下,他伸脚一垫,也轻轻搁那儿了。

围观的人喝一声彩！可是萨师傅不乐意了，到底有七八个驴打滚儿掉在地上。普利斯挠挠头，说赔点钱吧，可萨师傅说了："看你手脚上功夫，怕是运动员吧，我这人爱踢足球，咱们打个赌，就跟守球门一样，我站店门口，你朝门框里扔个驴打滚儿，我要接住呢，反过来我扔你接。谁先接不住算谁输。你要赢了，这事不但不追究，我还请你在这小吃一条街吃个饱，要是输了呢？我就要你背包上的手巾，怎样？"

普利斯点头同意，拿起了地上驴打滚儿。等萨师傅跟守门员似的站好，他瞄准左下角对方够不着的空档，炮弹一样就扔过去了。萨师傅会家不忙，使了招倒踢紫金冠，先用脚把驴打滚儿踢起来，然后伸手攥住。

普利斯一挑大拇哥，这一招耍得漂亮，然后站好等萨师傅发招。萨师傅好像是漫不经心，随手一扔，普利斯随手一接，就知道坏了。这个驴打滚儿是旋转的！刚一碰手指，就打着旋儿往外飞。关键时刻，普利斯也不藏着掖着了，手一伸掏出一面乒乓球拍来，三掂两抖，打消了旋转力，才抓住了驴打滚儿。

看样子就是个平局，萨师傅还有些不服气，说："原来你是乒乓球运动员啊，难怪有水平，你敢不敢再比一把？我兄弟萨老二可比我厉害多了，还跟你赌手巾！"

普利斯还没说话呢，后面帘栊一挑，进来一位白胡须老人，劈头就训上了萨师傅："刚才能叫和局吗？你自己画的道，既然拿不住人家就得认输，还找什么萨老二。再者说了，对方拿着这方手巾，多半就是我那老朋友的后人，干吗不到后面叫我？"萨师傅看样子挺怵这老人，想回嘴又没敢言语。普利斯这时就有点明白了，一问之下，这位还真就是当年的杂耍艺人八只手，也是萨师傅的亲爹。他忙表示了父亲老普的问候，又拿过手巾，说要还给老人家。

老萨摸着胡须呵呵一笑："都是老朋友啦，干脆你还拿回去，就说是我老萨给他留个念想。"普利斯见状就把手巾收到背包里，一回头，却看见萨师傅瞪着眼珠子正瞅他，一时之间也没明白啥意思。

这时普利斯提出来，想看看萨老爷子的绝活，他想拿手机拍下来。老萨摇着头说："以前的玩艺都搁下啦，你要看还不如看我家老二，青出于蓝呐，现在你有空的话，跟我去天桥逛逛得了。"说着就带普利斯上了天桥大街。这时普利斯问，据他老爸讲，当年这里有很多杂耍艺人，现在怎么都不见啦？萨老爷子跟他解释，以前那些老伙计还在，不过不可能在街上摆摊了。要是想看，那得进剧场才行。

说着说着，这一老一少，一中一洋还真奔剧场去了。也是赶巧，剧场里正开杂耍艺术节呢，这下普利斯就饱眼福了，什么抖空竹、耍大刀、扛中幡，说相声，应有尽有。这时候就有那上岁数的艺人跟老萨打招呼："萨老爷子遛弯来啦？后面这位是您国外亲戚？"老萨抖着白胡子跟过去老哥们儿解释："这是老普的儿子啊，来了咱这京城，哪能不接待？"老普？哪个老普？艺人们你看我我看你，想不起来。萨老爷子就说了："红鼻子老普啊，三十年前跟访华团来的，看过咱们的演出。"

这话一说，老艺人们脸色都是一沉，内里一个抖空竹的说："要说当年的老普，可对不住您呐。"这话刚一出口就被老萨截断了："都陈芝麻烂谷子的事了，提他干吗？"

普利斯懂中国话，一入耳就吓了一跳，再联想萨师傅的态度，看来老爸当年跟萨老爷子的事不简单啊。这下也没心思再逛了，便催萨老爷子回去。回到驴打滚店里，等老萨去后头泡茶的时候，普利斯就对萨师傅刨根问底了，"您实话实说，我老爸跟您老爸当年是怎么个交情？"

萨师傅阴着个脸，叙说了来龙去脉："你知道手巾是谁织的吗？是我爸学杂耍出师那年，我奶奶费了半年织出来的。照早年传说，北京城是按八臂哪吒像规划的，能镇妖伏魔，我爸又起了艺名八只手，所以她就绣上哪吒像。奶奶过世，我爸就拿这物件睹物思人呢。当然是不值几个钱，但也不能轻易丢失不是？"

接下来他讲了当年的事情：老普一见老萨绝活，非要拜他为师不可，老萨考虑他没什么基本功，就没有答应，没想到在送别宴会上，老萨多喝了几杯，被老普乘机偷偷拿出他身上珍藏的哪吒手巾，然后再次以这物件要挟拜师。但老萨艺名八只手啊，八只手的物件被人拿走，脸面往哪里搁？这才又一次拒绝了。没想到老普偷偷带着手巾出了国，老萨自觉没脸在杂耍这一行待，才改行开了驴打滚儿。其实早上普利斯一进店，萨师傅就看见那方手巾了。他知道这个物件得追回，又怕老爷子面子上不好看，这才故意挤得普利斯碰倒架子，打算用一场赌赛赢回手巾，就算悄悄了结。

我的美丽妈妈

普利斯一听,这才明白自己的老爸,原来当年也并不光彩呢。他素来敬重父亲,在他心目中就是个英雄,现在一想不由十分沮丧。这时候萨老爷子进来了,一看双方脸色,马上明白了八九,他又训上了儿子:"当年的事你又提啦?当时都怪我太好面子。再说了,顶级比赛最讲究的是个心态,现在来讲谁对谁错,多影响他比赛的情绪啊。"又转脸对普利斯说:"咱们老北京的爷们儿最讲个公平,明天比赛我当你的拉拉队,把你的精气神儿找回来。"

第二天的乒乓球比赛,萨老爷子还真就举着个普利斯国家的小旗,给他助威来了。不过他的对手,中国七号选手太厉害,弧圈球打得出神入化,普利斯还是技逊一筹。

比赛结束,普利斯就要准备回国了,他又去天桥驴打滚店里,跟萨老爷子一家道个别。一进门他就愣住了,只见他的对手,七号运动员正跟老萨说话呢。这时萨师傅才跟他介绍,这位七号不是别人,正是他兄弟萨老二。萨老爷子虽然出了杂技行,但一身功夫可就传了萨家哥俩了。所以萨老大才能使倒踢紫金冠,萨老二更是乒乓球冠军,家学渊源啊。

普利斯这个感动,萨老爷子多厚道啊,自己儿子跟别人比赛,还给别人站脚助威。他又把手巾拿出来,这物件意义特殊,还得还给萨老爷子。没想到老萨死活不要,说这物件对他来说也没啥用了,既然老普喜欢,给他也一样。普利斯后来没办法,把手巾往老萨兜里一揣,才快步跑了。

回到家,普利斯就向老普汇报这档子事的经过。老普听完这个感慨,说:"都怪我拜师心切啊,想不到给他造成这么大的麻烦，只是你没能拍上他的绝活，太遗憾了。"

这时普利斯打开背包，发现包里多了样东西，正是哪吒手巾，里头还包着五块驴打滚。普利斯直发愣，他记得把手巾还回去了啊。一旁的老普看着直乐："人家是八只手啊，我说他怎么会拒绝你拍照呢，是特意在这里给我露一手。"

后来老普就跟老萨通上越洋电话了。老哥俩唠到那档子事，老普要道歉，老萨说："那事都怪我太好面子，后来我开这个驴打滚儿，就是警醒自己不能犯驴脾气。大国首都啊，没肚量哪儿成？"

谁来陪我吃晚餐

一

在认识李原以前,谭维就像一台赚钱的机器,日程表上永远被工作挤满,所谓吃饭睡觉,那是为了持续工作而不得不做的休整。这种习惯的直接后果是,一年后得了胃病去看医生,也因此认识了比她小两岁的医生李原。

李原一本正经地对谭维说:"你这种吃出来的病,要治好还要靠你吃回去,建议你不要在外面吃饭,最好自己做,营养要均衡。"连择菜叶都不会的谭维装出大厨状:"我做菜很好呢,只是一个人懒得做。要不每天你来替我搭配营养菜谱?可以让你蹭免费晚餐哦。"

李原说他当然求之不得。谭维内心窃喜,看来他对自己印象也不错。于是她从书店淘来一大堆菜谱,开始了一生中的大厨生涯。可是第一餐就让李原皱了眉头,李原要自己掌勺,谭维却以他的手是用来动手术的为由拒绝。

这样的日子溜溜过了一个月,可是这一天下午,李原却没有按时来吃饭。谭维去诊所叫他,却发现他和一个女孩坐在不远的大排档里吃麻辣烫。

那个女孩看上去像极了欢场中人,小背心上面写着莫名其妙的英文"ASC",头发无论是颜色或样子,都像迎着太阳怒放的向日葵。李原不止一次讲过,大排档的东西无论从原料到油脂都来历可疑,是一定不能吃的。而现在,他正夹起一个牛肉丸放在嘴里嚼,逗得那女孩咯咯地笑。

二

第二天谭维买了一堆东西回来,第一次准备做晚餐给自己一个人吃。当菜摆上桌的时候,又不由自主给李原打起了电话。"可以陪我吃晚餐吗?"电话另一头传来李原若无其事的声音:"当然可以。"

当李原跨进门来,谭维就发现对他的怨恨都不见了。李原也仿佛忘了昨天的事,还兴高采烈地开了红酒,说要喝一杯。可是就在举起酒杯时,李原的手机响了。是短信,只有一句话:怎样的自杀比较不疼?发信人栏写着名字:卫晨。李原的脸色立刻变了,他说:"我先走了。"

李原就像风一样从谭维的世界里消失了。自杀?谭维不由冷笑,这么老套的桥段也想得出来。卫晨,她暗暗念叨着这个名字,然后把这个名字一刀一刀刻在面包上,再狠狠吞下去。

她决定出击，先借了一台袖珍照相机。计划是，只要拍到卫晨在欢场的不雅照，追求完美的李原一定会明白真相，一定会回到自己身边。卫晨的行踪很快就调查到了，因为大排档主人是谭维一个同事的哥哥。他说卫晨下午经常从蓝天酒吧出来，到这里吃东西。

谭维带副大墨镜走进蓝天酒吧，却看见李原和卫晨已到尾声的争吵。卫晨红着眼圈，手里夹着一支烟拼命地抽。李原夺烟，却被烟头烫了手。当李原拼命吹手的时候，卫晨已气鼓鼓地出了酒吧，走到大排档坐了下来。然后打开一张大布条，上面写着一行字：ASC，谁来陪我吃晚餐？

这个布条令谭维不得不重新评价对手，人至贱则无敌。她偷偷取出照相机，准备把这一幕拍下来。但此时大排档生意清淡，只有稀稀拉拉十几个人，对着卫晨指指戳戳，却没有一个人过来搭话。直到半个小时后，一个男人才走过来，坐在了卫晨对面。天，为什么又是李原？

三

为了防止李原发觉，谭维坐得很远，只能看见两人说着什么，却不知道内容。忽然，两人又开始争吵，好像是要打什么赌。只见李原冲动地拿起布条走出大排档，一个又一个地拦人，说几句什么，又指一指里面的卫晨。卫晨理理头发，非常配合地向路人微笑。这一幕让谭维想起了一个词：

小姐拉客。

令谭维更为瞠目的是,真有一个大学生,看样子禁不住李原的忽悠,红着脸坐到卫晨桌前,吃了几口菜,然后飞也似逃了。另一个更为离谱,居然是位卖菜的老伯,坐下来吃了菜,还骨碌骨碌地喝了几口汤。李原一声欢呼,看样子是打赌赢了,输了的卫晨居然显得更高兴,不高兴的是在后面狂按快门的谭维,这都什么嗜好啊!

回到家谭维忽然有了个念头,把照片传到本地论坛上,这一个"晚餐门"说不定能让卫晨人间蒸发。

但是这个题为"谁来陪我吃晚餐"的帖子几乎没有人回,倒是李原跟帖了。李原说出了一个意想不到的真相:照片上女孩叫卫晨,乙肝病毒携带者,英文缩写"ASC"。这种人没有肝炎症状,也不会通过呼吸道或消化道传染,传染率可称微乎其微。她却受到了不公正的歧视。求职无门,生活无着,多次要进入欢场破罐子破摔,多次要自杀。李原学过心理学,于是收治了卫晨。李原知道要解除她的自杀倾向,只有让她明白世人没有抛弃她,所以就陪她坐在大排档里吃饭。还利用医生身份向路人宣传,共同饮食是不会传染的,请别人也来跟她同进晚餐。

原来只是一场狼来了的虚惊啊,难怪卫晨背心上写着ASC。仔细想一想,谭维觉得有点对不住卫晨,便准备删帖。这时又一个帖子出现了,问:照片上的女孩我以前可能见过,能否告知她的住址?下面还附有联系电话。谭维按号码打过去,得知了另一件意想不到的事。

我的美丽妈妈

对方是某公司的人事主管，说女孩如果是卫晨的话，他要致歉。前一阵子，各方面都非常优秀的卫晨到公司求职，他本想录用的，结果在履历表上发现了三个英文字母"ASC"，出于怕麻烦就放弃了。当看到照片上，连大学生和菜农都来和卫晨吃饭，以消除乙肝携带者因受歧视带来的创伤时，觉得内心有了歉疚。于是想找到卫晨，告诉她可以来公司上班了。

谭维知道自己该道歉了，于是打电话给李原，让他带卫晨来吃晚餐。李原欣然同意，她又问了卫晨的电话号码，然后转给那位主管。

谭维在厨房里像小蜜蜂一样快活地忙碌时，还想着一句话：爱不能自私，还要有包容和奉献。但是一切准备妥当后，李原的一个电话却击碎了她的梦想。他说卫晨的情绪又起了变化，独自上了高架桥，说要跳下去！

那怎么办？李原期期艾艾地说："她打电话给我，说她没有工作，也没有人肯爱她，所以才不想活了。她说，除非我肯在桥上当众吻她一下，证明乙肝携带者也能正常恋爱，才不再自杀。我想这已经触底线了，所以没敢答应。"

手一抖，锅铲落了地。谭维知道爱是奉献，但还是不想把男友的吻奉献出来。但是如果拒绝只能让李原看不起。于是她只有强颜欢笑，还要劝慰李原，吻就吻吧，治疗病人比什么都重要。

电话挂了，谭维总觉得哪里有点不对头。忽然，她想起一句话，卫晨说她没有工作？不会吧。慌忙打电话给那位主管，主管说，下午他们刚刚谈过，卫晨说明天就来上班的。冷汗从她额头冒出来，先是接吻，后面就会上床，所谓跳桥只是一种手段！她给李原打电话，但是关机。

四

卫晨站在高架桥上，夕阳下美得就像天上的仙子。三步外是李原，活脱脱白面书生一个。桥下站满很多看热闹的人，议论着说两人什么时候会接吻。

这一幕好浪漫，当夕阳武士在城楼上吻紫霞仙子就是这一幕吧。可惜生活不是大话西游，谭维冲上去凶巴巴的一脚把卫晨踢开，大吼："你明明有了工作，为什么说没有？李原是我的男友，为什么你要夺走？"卫晨做满脸惊愕状，看得谭维怒火焚烧，正要再给她一下，却被李原打了一个耳光："你知不知道今天不仅要治疗卫晨的心灵创伤，还要上电视做公益广告？我也是刚才才知道，卫晨早就做了这个策划，而且已经找了电视台的人。你打人的镜头已被他们拍了下来。"

人群里果然有摄像机，谭维知道要败给卫晨了。看到卫晨正露出怜悯的笑，她忽然决定再赌最后一把。谭维摸着热辣辣的脸颊说："对不起，卫晨，你和李原忙完到我这里吃晚餐吧。李原，我不怪你，是我不好，就当什么都没发生过好吗？"然后，拼命挤紧脸部肌肉，努力做出笑的表情。

然而想不到的是，卫晨居然退了一步，说："对不起维维姐，看来这个策划有点过了，明天我换另一个。"

我的美丽妈妈

第二天,卫晨没有出现,她去了遥远的北方。李原又开始和谭维一起吃饭,只是由晚餐变成了三餐。一周后,当两人正吃饭时,卫晨给谭维来了短信,她说她现在组了个抱抱团。还说其实她是真的爱上了李原,那一场吻戏的确有铺垫爱情的企图。不过当看到谭维挨了李原耳光还能谅解时,她选择了退却,因为她做不到。

谭维删除了短信,对着李原笑笑,把正在吃排骨的李原笑得莫名其妙。谭维当然不会告诉他,其实她也受不了那一个耳光,但是她不能败给另一个女人。

面对李原那颗透明而高尚的心,请允许我们这些小女人保留一点小龌龊吧。

鼓乐齐鸣乐器街

某市有一条乐器街,街上一大溜都是乐器铺子。因为工艺精良,全国的音乐爱好者都来这里挑选心爱之物。铺子虽多,其实都是出自街口的"齐鸣"乐器厂。这个厂子是台商戚老板办的,他从全国各地请来制造乐器的师傅,经过多年经营,才有了现在的声势。

这一年初春,过完年回来的师傅们到了厂门口,只见墙上贴着通知:由于受金融危机影响,本人已无力经营乐器厂,决定回台,请各位到财务处领遣散费。

大伙儿看罢,心头都是拔凉拔凉的。就在这时,一阵架子鼓独奏曲《在他乡》从作坊里传来,这首曲子反映的是背井离乡的人,在外面的苦处,把一伙师傅都感动哭了。这是制鼓师傅邓琳打出来的,在这节骨眼上,她一个姑娘家还有闲心思打鼓?大伙儿呼啦一声,都拥到作坊里。

邓琳停了鼓槌说:"大家先别走,我有一个办法,说不定还能留下戚老板。"大家一听这个高兴,忙问什么办法。邓琳慢慢说道:"咱们先找他来问一问,到底遇到了什么难处。"

正说着,戚老板也进来了,脸上愁云惨淡:"这曲子敲得好,我知道大伙儿的苦处,可是,我也难啊。"

原来这些日子,海外的乐器订单锐减,只能靠国内的订单维持运行。更糟糕的是,世界有名的汤普森乐器公司也到本市抢市场,下个月主办架子鼓表演赛,目的就是想把"齐鸣"的乐器比下去。平心而论,"齐鸣"的鼓类产品还真不如人家,毛病就出在鼓皮上。人家用的是垄断供应的特级聚酯薄膜,"齐鸣"用的是一级薄膜。这点差别一般人分不出来,但是落在音乐人耳朵里,高下立判。戚老板一想,与其下个月出乖露丑,还不如回台湾算了。

这话一说,大家齐刷刷把目光投向了邓琳,没想到邓琳只是一叹:"大势所趋,我们也只好送您一程了。明天早上,街心的长亭公园,咱们办一场送别音乐会。"大家一听这个泄气,心说你就这个主意啊。

第二天师傅们来到了长亭公园,邓琳提议,大家一起来奏《春江花月夜》吧,戚老板是台湾人,走后也有个念想。有位师傅说:"奏这个传统曲子不在话下,可是弹琵琶的张杰没有来,怎么办呢?"张杰是邓琳的男友,想不到他反而没来。邓琳说:"让他的学徒顶一下吧。"

商议已定,邓琳鼓槌一振,便开始了第一乐章"江楼钟鼓"。鼓声幽远,让在场众人仿佛看到"春江潮水连海平,海上明月共潮生"的情景。接下来是琵琶独奏,却让人大为失望，学徒这两下子，完全无法和其他乐器相比，就像在一幅完美的国画上，抹了极不和谐的一笔。

众人一片惋惜，这时围观人群中，健步走入一位老者，劈手抢下学徒的琵琶，说："不要糟蹋了琵琶，还是我来凑个数。"说着不管不顾，信手一挥，琵琶就像有了生命，一时间众师傅精神大振，把个"谁家今夜扁舟子？何处相思明月楼"的意境宣泄了个淋漓尽致。

一曲将终，戚老板长身而起："大陆台湾本是同根，我不能放下大伙不管，所以，我不走了！"顿时欢呼声四起。可是乐声一歇，戚老板又愁上眉睫。外敌当前，技不如人，可不是只凭一股子气就能赢得了的。

只有那个老者，没事儿人似的把琵琶放到桌上，扭头就往外走。刚走几步，身后邓琳发出一声呼唤："爸爸，您真不管这档子事？"老者摇一摇头："怪我一时技痒啊，中了你们的计。"刚刚出亭，张杰从暗影里钻出来，说："师傅，只有您拿出鼓皮秘方，我们这几百号人才能继续工作！"

原来她父亲邓九如是早年的乐器大师，所制大鼓曾经战败过特级薄膜鼓。但是不知何故，后来断槌发誓，绝不再造一面鼓，只把制鼓技艺传给女儿，却没有把鼓皮制法说出来。这回"齐鸣"遇难，邓琳和张杰设计，故意让大家来长亭送别，这是邓老爷子每天早晨必到的地方。张杰又故意缺席，老爷子素来视乐器如命，算定他不忍心好好一柄琵琶被弹得乱七八糟，必然跟大家来曲合奏。这一奏便有了机会，能开口求他的鼓皮制法。

我的美丽妈妈

这话一说，连同戚老板在内，大家都跟邓老爷子讲起情来。邓老爷子看上去好像无动于衷，但他的手却颤个不停。忽然，他摸出一支钢笔，在一块手绢写了起来，然后扔给邓琳："这就是制法！"然后出了人群。

手绢上面只有一个字"蚺"。这是什么意思？戚老板和张杰面面相觑，只有邓琳若有所悟："我父亲从来不说假话的，这么写必有用意，走，跟我到家里问个明白。"

三个人来到邓老爷子家，不巧的是，他刚刚外出了。戚老板知道这是"齐鸣"生死存亡的关键，学起了刘备的三顾茅庐，每天都来这里转转。就在第三天晚上的时候，邓老爷子开面包车回来了。他一见戚老板就说："鼓皮我找到了，就在车里。"后座上竟摊着一张五彩斑斓的蟒皮！

原来这是蟒蛇中的一种珍稀品种，叫做"锦鳞蚺"，最大的特点是，花纹五颜六色，尾部是根细针。这就是邓九如制鼓的秘密，他说锦鳞蚺皮蒙鼓，远胜过人工薄膜皮。他外出捕蚺，是为了这锦鳞蚺的事保密，而且只能提供一次，以后他还是放手不管。

戚老板是走一步算一步，答应下来。

一个月过去，架子鼓表演赛开始。邓老爷子开着他的面包车，拉着做好的架子鼓，来到现场。戚老板他们齐齐坐在台下，由邓琳拿着张杰用花梨木新做的鼓槌，第一个上场独奏，这叫一鼓作气。

邓琳演奏的是，改编自古曲《十面埋伏》的架子鼓独奏，反映楚汉相争接近尾声，双方会战于垓下的场面。第一章讲两军对峙，兵戈相向，随着一长串切音骤起，一股浓烈的杀气就弥漫开来，赢得台下一片喝彩。

台下的戚老板一脸狂喜："老爷子名不虚传啊，这鼓音的确胜过了特级薄膜鼓！"邓老爷子却骂起了张杰："鼓槌怎能使用花梨木？这种木料最能吸水，时间一长，手上的汗流到鼓槌上，分量就会加重，对鼓有致命损伤！"

正说着，国外乐器老板汤普森过来了。他对戚老板说："照我们公司二十多年前的资料显示，这是锦鳞蚺的鼓皮吧，也只有这鼓皮能胜过我们的鼓。你们从哪里找到锦鳞蚺的？这种动物二十年前就绝迹了。"戚老板还没说话，邓老爷子接口了："当初锦鳞蚺消失还不是拜你们所赐？但在一处地方还有少量幸存，想不到吧。"

汤普森耸耸肩，临走前扫一眼张杰和众学徒说："你们哪位能告诉我锦鳞蚺的生存地点，重谢十万美金。"

邓琳此时正奏到好处，手中鼓槌以暴风骤雨的速度扫过架子鼓，进入第二章"鸡鸣山小战"。一时间声动天地，把听众引入了古战场。大家都听得聚精会神，只有张杰显得坐卧不宁，忽然起身向外边走去。

邓老爷子叹口气，对戚老板说："财帛动人心啊，我出去看看。为了一点点收入，导致一个物种灭绝的蠢事，咱们是万万不能干了。"

邓老爷子起身往外走，但声音还在戚老板耳边回响，这些老外的手段他是一清二楚，张杰真要告了密，幸存的锦鳞蚺必招疯狂的搜捕，很快就会真正灭绝。想到这里，他下了决心，这场比赛宁愿输掉！

这时演奏暂停，有两分钟休息时间。邓琳看见戚老板招手，便走过去。戚老板顺手接过鼓槌，放到桌上，递过一条毛巾来让她擦擦。刚擦完汗，时间就到了，邓琳拿过鼓槌，手感就是一沉。刚才桌子上有洒落的茶水，正好浸湿了花梨木鼓槌。但临时换鼓槌来不及了，便匆匆上了台。

鼓槌分量加重，打起来就要小心翼翼。但邓琳奏到《十面埋伏》最高潮"九里山大战"时，好像完全沉醉在乐曲的意境中，不知不觉中力量越来越大，最终爆出了本次比赛的笑柄，把大鼓当场敲破！

汤姆森败中取胜，立即宣布正式登陆国内市场。"齐鸣"黯然收兵，回到厂里，戚老板安慰邓琳："败就是败了，你不要不好受。"邓琳露出奇怪的神情来："戚老板，花梨木最怕见水，怎么偏偏就被水浸湿？"

戚老板只好说了刚才台下的事。为防锦鳞蚺灭绝，他故意使鼓槌浸了水，鼓被敲破，汤普森会以为蚺皮音色虽好，却不结实，便会放弃捕捉的打算。

"可是，咱们几十人的饭碗，就这样砸了？"邓琳问。

"砸不了，我决定破誓出山！"却是邓老爷子怒冲冲走进来。他攥住戚老板的手说："你知道当年我为什么断槌发誓，不再制鼓吗？因为是我不留神把锦鳞蚺的秘密泄露出去，才导致大肆搜捕。今天你湿槌破鼓，称得上是老朽的知音啊。为这个，我决定助你一臂之力！"

说着，他从门外拉进张杰来："你去我的面包车上翻

103

东西，是想找到过桥过路证明，好推断捕蚺的地点吧，告诉你，其实锦鳞蚺真的灭绝了，我拿来的蟒皮只是被人当宠物的红尾蚺！这么做只是想吓老外一跳，让以前输在锦鳞蚺吓得他们知难而退。其实根据我这些年的研究，鼓皮的好坏只占音质的一部分，还有鼓架、鼓木和鼓圈，只有整体产生最强共鸣，才能产生特级好鼓，刚才用的普通蟒皮鼓，就是最好的证明。"

此言既出，大家顿时高兴起来。只有张杰慌张的解释："师父，您误会了，我要去洗手间解手，奔车里找手纸的，没告密啊。"可是没人听他解释。

大家走了，邓琳握住张杰的手，安慰地一笑。这事其实是她和张杰预先安排好的，做鼓时候，他们就产生了一个疑问，以老爷子的性情，怎会亲手捕杀一条即将灭绝的锦鳞蚺？上网一查资料，发现只是红尾蚺。能制出好鼓，全在老爷子那出神入化的技艺上。但邓老爷子完事后还是撒手不管，赢得了一时，赢不了一世啊。两人这才设计，张杰假作无意中弄湿花梨木鼓槌，邓琳故意把鼓敲破，好逼老爷子出山。想不到张杰无意中的举动，戚老板竟主动代替张杰弄湿鼓槌，取得了更好的效果。虽然张杰受了点小委屈，但是值得了。

贡橘的警告

早晨八点，县长刘成坐在办公室里，照例打开报纸，眼睛一扫，就被一则新闻吸引住了。说的是本县刘家坪出了一档子新鲜事，村长刘满囤院子里的贡橘树挂果了。要知道这种贡橘来自台湾，只有在当地才能挂果，当初移植到这北方大山是做观赏植物，如今结了果还真算得上新闻。

刘成把报纸一合，想起县里的招商引资任务来了，这叫雪中送炭啊。其实刘满囤不是外人，是他本家二叔，所以对贡橘的来龙去脉是一清二楚。这棵树是刘满囤的弟弟，从小就在台湾经商号称水果大王的刘满堂，五年前从台湾移植来送给哥哥的。而这种贡橘，据传是过去皇上才能吃上的贡果，可见价格有多高。刘县长琢磨，如果把本家三叔刘满堂邀请来大面积种植贡橘，招商引资的任务不就完成了吗？

说干就干，他立马喊司机开车，送自己到刘家坪实地考察。小车开出县政府，迎面走过来一个年轻人，刘县长忙让司机停了车，对年轻人说："礼明，我要去刘家坪，你就别在街上闲逛了，跟我一起去吧。"

这个礼明，是刘县长的儿子，大学气象系刚毕业。按刘县长的意思，要找个收入高的单位让他上班，可刘礼明读气象读傻了，非要闹着进气象局，还说最好去山顶的气象站，以便得到第一手研究资料。这话把刘县长气得够呛，干脆暂不安排，让他冷静冷静。今天带儿子上刘家坪，就是让儿子见识见识山上的清苦，以便打消去气象站的傻念头。

县城到刘家坪，修有一条水泥路，两小时车程就到了。刘县长带儿子先去看贡橘树，果然挂满了黄金颜色的橘子。然后拿出礼物给刘满囤，说明来意。要知道刘满堂一直在台湾经商，很少回来，对他这个县长侄子一点都不熟。想请他回来投资，还得二叔出面写信。

刘满囤听完呵呵一笑，说信就不用写了，你看里屋是谁？门帘一挑，一位身着唐装的老人走了出来，正是刘满堂。原来贡橘树刚一挂果，刘满囤就写信告诉了弟弟刘满堂，刘满堂也觉得奇怪，便坐飞机赶来看个究竟，正好和刘县长碰上了。

刘县长开门见山，就说想让三叔投资开辟贡橘园，把刘家坪的几百亩梯田都种上贡橘。刘满堂摇了摇头，说："本来我也有这个意思，可是实地一考察，觉得难以长期发展，这个事就别提了。"

这时刘礼明过来了，叫了声三爷爷，问贡橘园为什么难长期发展？刘满堂叹了口气，没有回答，反问起刘礼明的情况来。刘县长见引资不成，心里不痛快，就借机数落起儿子来。说他气象系毕业，有好工作不干，偏偏想干什么气象。刘满堂一听，饶有兴趣地看了刘礼明几眼，话锋忽然就转了口："这个贡橘园也不是不能开，要是肯让你儿子给我打工，跟我在刘家坪待满一个月，我就再考虑考虑！"

刘县长觉得奇怪，贡橘园开不开跟我儿子有什么关系？不过见刘满堂财大气粗，又都是沾亲带故，倒不怕儿子吃苦，于是满口应承："一言为定！"

正好一个月，刘县长接到刘满堂的电话，说刘礼明表现不错，请刘县长上山来签约吧。刘县长这个高兴，心说这可是一项重大政绩啊。他想办得热闹点，就通知了县里的电视台和报社，然后是各局各部委相关人士，最后是县知名企业老总。在刘县长的带领下，几十辆小车浩浩荡荡出发了。

车队还是沿上回的路走的，没想到刚到山坳口，就见儿子刘礼明等在那里，他身后还排着一拉溜牛车，把道路堵了个严严实实。刘礼明满脸歉意："不巧得很，这段路昨晚发生了滑坡，正在抓紧抢修，大家还是转另一条山路走吧。山路汽车走不了，请大家上牛车。"

刘县长签约心切，说这话的又是宝贝儿子，也顾不上身份了，忙号召大家都上牛车。别人见县长都以身作则，都没意见。所有汽车都停留在原地，由司机们看着。乡亲们鞭子一摇，就拐上了另一条路。这条路坑坑洼洼，汽车走不了，牛车走上去竟是出奇地稳当。刘礼明陪他老爸坐在第一辆车上，嘴皮一直没闲着："要说起这牛车，过去叫勒勒车，来历可不小。是当年刘家坪的人远走张库大道，进行畜产品交易的交通工具。"刘县长第一次发觉儿子居然有这么好的口才，把百年前老祖宗的历史讲得活灵活现。再加上行走缓慢，他留意了下路旁景色，竟是非常优美，一路倒是饶有兴致。

走过四五里路，前面出现一条小河，刘礼明鞭子一挥，牛车队停下，喊一声："请大家上船！"就见河畔一大溜十多艘小船，由刘满囤带队，正恭迎大家。刘县长心里嘀咕，这是唱的哪一出啊，又是牛车又是坐船的。不过刘家坪遥遥在望，也顾不上细问，就率人上了船。

船桨一荡，船队溯流而上。刘满囤的手一直没闲着，沿途不住地撒手网，很快打上许多鱼虾来。来人里有爱好钓鱼的，一看来了精神，要过手网自己打捞起来。这一路欢声笑语，不像是来开签约会，倒像是旅游的。

等船队靠岸，一行人就来到刘家坪了。刘满堂亲身相迎，把众人迎进大队部。嗬，就见一辆辆汽车停在院子里，这都是他们自己停在山坳的车啊。一问司机才知道，他们坐牛车刚走，就有人来通知司机开车去刘家坪，一路直行，根本没见什么滑坡啊。刘县长这个纳闷，回头找儿子问，刘礼明却笑而不答："工作餐预备好了，边吃边谈吧。"

大队餐厅桌子排开，大家一看都眼熟，这不刚刚从河里打上来的吗？鱼虾王八唱主角，南瓜豆荚唱配角，典型的农家宴。刘满堂举杯致歉："实不相瞒，进山的水泥路没滑坡，这么做就是想让诸位体验一下，我们刘家坪的魅力。你们要是坐车来，就感受不到了。刘县长你说，开辟一个生态

我的美丽妈妈

观光区,够不够格?"

刘县长一想沿途所见,的确是够格了,可这一趟不是为这个来的啊。生态观光区名字好听,可是投资大收益小,哪里比得上贡橘啊。不由干咳一声:"三叔,这个,我们还是先谈贡橘园吧。"没想到刘满堂一摇头:"生态观光区谈不下来,贡橘园就不用谈了。你还是先签了这份合约吧。"

说着话,他递给刘县长一份拟好的合约。合约上写着,不用县里出资,但是要保证,一、以后不许开汽车进刘家坪,只许坐勒勒车,以体验先辈走张库大道的风情。二、不许在小河上游建化工厂,以免污染。三、不许在刘家坪兴建宾馆饭店,只可以建农家餐馆农家住宿,以保持风味。

刘县长看完,觉得没什么大问题,反正不用县里出钱,就签了字。然后问:"那么贡橘园呢?是不是也签了?"

刘满堂说:"要我签约,请大家先回答我一个问题,就是为什么原产台湾的热带水果,会在刘家坪这亚热带挂果?"先是农业局局长回答:"那是我们县土壤肥沃的缘故。"刘满堂摇摇头,表示不同意。文化局局长跟着站了起来:"古书上说,淮南为橘,淮北为枳,这有个基因变异问题,应该是贡橘的基因变异,所以适合我们这里了。"刘满堂呵呵大笑:"只有五年时间,物种是不会变异得这么快的。"

再往下就鸦雀无声了。刘满堂叹了口气,才说:"这个问题还是让刘礼明来回答吧。他是学气象的,经过一个月的研究,已证实了我当初的想法。"

众人注视下，刘礼明站了起来："根据气候监测，咱们县不但受全球变暖影响，还由于自身污染，形成了环岛效应，气温有点类似台湾岛的气温了，这才是贡橘挂果的真相。其实刚才签生态观光园的合同，阻止汽车进山，为的是有效防止汽车尾气，河边不让建厂，以防止污染水源，村里不许大兴土木，是怕出现更严重的环岛效应。只有这样，贡橘才可能每年挂果啊。"

这话一说，大家心里都有些沉甸甸的。只有刘县长久经官场，试图扭转气氛："这样也好，坏事变成了好事嘛，想想看贡橘上了市，我们县的经济肯定更上一层楼。三叔，你就签字吧。"

刘满堂拿起笔，一笔一笔的写上自己的名字，然后凝重地说："其实我们这么做，对气候变暖只能算是杯水车薪，可是意义很大，毕竟在一些人脑子里留下了印象，对吧？贡橘的挂果，我没有当它是好事来看的，我当它是大自然对人类的警告！"

拉萨之吻

五一放假,周野和三位网友碰了头。他们在前几天就约好了,合驾一辆车去拉萨。

大家以前没见过面,这时做了自我介绍。周野是翻译,他说自己名字里虽然带个野字,却从没有出过远门,这回要好好"野"一下。车主陈胖子是个款爷,据他说光分公司就开了十几家,这趟是要到拉萨大昭寺烧香拜佛。青子是个俊男,他整整帽子说,以前去过西藏,这回他是当仁不让的导游。轮到最后一个,周野看着心里就是一跳,五官很协调的女子,又有一个好看的弯弯向上翘的唇。她的介绍极为简略:"林丹砚,医生。"

车是辆半新不旧的越野,由车主陈胖子开上了漫漫征途。一出市区,陈胖子就打开了话匣子:"你们知道大昭寺的佛祖等身像吗?那是唐朝文成公主送过去的,见像如见佛祖本人。我这一趟是有高人指点,只有在那里烧了香,生意才会大吉大利。"周野坐在他右侧，暗笑对方迷信，就半开玩笑地说："高人一定收了你不少钱吧。"陈胖子一脸不满："人家是高人啊，分文不要，只是卖了这车给我，还画了平安符，三十万。"

老天，就这车还三十万？周野憋着笑向后面示意，只见林丹砚也一副忍俊不禁的样子，正向他看过来。目光一撞，周野慌忙把视线下移，不由又注意到了对方的红唇，一对可爱虎牙正在里面探头探脑。

旅途寂寞，陈胖子拿出听啤酒。青子是来过西藏的，说："很快就要上高原了，一上去就不能再喝酒。"陈胖子有酒瘾，听了有些恼火，就求救似地问林丹砚："林医生，怎么去趟西藏还得戒酒啊。"林丹砚手头正织着一个线帽，头也不抬地说："喝酒会加重高原反应，不过我带有氧气袋，能缓解症状。"

陈胖子觉得自己有些孤立，就向周野求援："大翻译，咱们来喝最后一杯？"周野却没有应声。他的视线被林丹砚织的线帽吸引住了，这是个男式帽子。五月的西藏乍暖还寒，这种帽子是最适宜戴的，这一行只有三个男人，而且以前都互不相识，她会是给谁织的？周野想到刚才那个默契，忽然一阵心跳，难道会是自己？

越野车越开越高，第二天下午，青子首先喊起来："快看，格桑花！"这是高原上特有的花朵，林丹砚欢呼一声就下了车，在花里跑得像头小鹿。周野把最好看的格桑花采摘下来，集成一把花束，打算送给林丹砚，想必聪明的姑娘一定会明白自己的心意吧。

　　林丹砚跑累的时候，周野觉得机不可失，就手拿花束轻轻向她走去。这时花丛里忽然又转出一个人来，却是同样手拿花束的青子，一时间三个人都愣住了。正在尴尬，一头小藏羚羊突然出现，朝远处跑去，周野灵机一动，把花束朝林丹砚怀里一塞，说："我去追！"他可是业余长跑队员呢，正好向姑娘展现自己的强健体魄。

　　小藏羚受过伤，很快就被周野追得摔倒在地。他把小藏羚抱上汽车时，看见林丹砚对他感激地笑。小藏羚是被偷猎者打伤的，要是得不到及时救治，很快会死掉。林丹砚拿出氧气袋，直到用尽才使小羊缓过来，然后她细心地消毒，包扎，喂食，最后还用她那好看的红唇吻了吻。周野的心都要醉了，他得意地看一眼青子，暗想自己比他更占优势吧。

　　天亮的时候，小藏羚就不肯在车里安分了。这时前方出现了大草原，周野提议，还是把小藏羚放在这里吧。这一次青子开了夜车，在车上休息，周野和林丹砚抱着藏羚羊下车，陈胖子随后拍照。周野故意把小藏羚放在中间，然后不停地跟林丹砚合影，陈胖子直埋怨他重色轻友。

　　当小藏羚消失在天边时，多愁善感的林丹砚呜呜哭起来，周野忙提供给她一个肩头。这时陈胖子上车了，野外只有他们两个人，周野一低头，又看见对方那微翘的红唇，鬼使神差的，竟低头吻了下去。然而"啪——"的一声，吃了一耳光！

　　林丹砚怒目圆睁："这个时候，你还有心情欺负我！"

周野摸摸火辣辣的脸颊，慌忙道歉："我，我实在是情不自禁。"林丹砚忽然低了头："对不起。"周野一听，马上要进行爱的道白，却被陈胖子的声音打断："两位打算在这里隐居吗？不走的话我可走了。"

上了车，周野就发现青子正闭着眼睡觉，但是他的头上，不知什么时候换了一顶线帽。是的，就是林丹砚刚打的那顶。一时间，他觉得一切努力都白费了。回头看一眼林丹砚，仰着好看的嘴唇像是要跟他说什么话，但是出于心情不痛快，周野故意跟陈胖子说："你睡一会儿，我开车！"

明天早上就要进拉萨城了，周野在开最后的夜车。这时陈胖子的鼾声打得像雷，青子也歪在座位上，只有林丹砚不时地翻着背包。忽然，周野觉得头顶一暖，一顶男女通用的花边毡帽套在头上。透过反光镜，他看见林丹砚轻轻笑着，红唇翘起好看的弧。

周野的内心顿时被激情充满，他把越野车开得飞快，天不亮就进了拉萨城。

不妙的是，画了平安符的越野车并没有平安到底，抛锚在离大昭寺不远的小巷子里。巷子里的修车师傅不懂汉语，大翻译周野起了作用，终于讲明了故障。修车间隙，四人去游大昭寺。这里有个规矩，进寺得脱帽，青子一脱帽子，大家都愣住了，他头上长满了白一片红一片的疮疤！

这时青子才向大家解释，他打小就有这种皮肤病，医院也治不了。后来偶然来到大昭寺，寺里一位高僧用藏药给治好了。但是人家说，这病不能离开高原气候，不然还会复发。但青子不相信，马上回到平原，一年后果然复发了，而且有蔓延到脸上之势。所以他一路上就没脱过帽子。林丹砚其实是他的妹妹，一路跟来就为照顾他，年轻人脸皮嫩，又得的这种怪病，所以没有跟大家说。

周野这个高兴，原来自己的情敌根本不存在啊。他故意走在后面，看见林丹砚也落在后面，就悄悄过去拉住她的手。还好，林丹砚没有躲开。

中央大殿供奉着佛祖等身像，这就是陈胖子的最终目的地了，由他一个人慢慢进香，周野和青子兄妹去后堂。后堂的那位高僧看了青子的疮疤说，这病不能拖延了，必须马上敷药，然后在高原居住三年，才能去掉病根，不然后果很严重。

青子在后堂敷药的时候，周野和林丹砚走出来。林丹砚愁云满脸，三年的药费，生活费，该是一笔多大的数字啊，她自小和哥哥相依为命，也没什么积蓄。周野说："我有一部分积蓄，马上让家里人打过来，虽然远远不够，咱们跟陈胖子再借点救急。"林丹砚还是愁眉不解："只是普通网友，人家怎么会借？"正说着，只见陈胖子欣喜若狂地跑过来，说："我刚才抽了上上签啊，我要庆贺一下。"说着又跑了出去。林丹砚脸上神色就是一变，可惜周野没看见，自顾自找到一处手机信号强的地方，开始跟家里打电话。

等他打完，发现林丹砚不见了。他去了修车的小巷子里找，只见车上陈胖子仰躺在那里，林丹砚正在跟他接吻！

周野扭头就走，看来林丹砚为了得到陈胖子的钱，竟以身相许了！这身后传时来林丹砚的叫声："周野你等等！"他还是往前走，一直走进一家饭馆，要了酥油茶拼命喝起来。

直到日落西山，他才出了饭馆。刚出门就被陈胖子揪住了："你跑哪里了？让我一通好找。中午我一时激动，上车喝了点酒，结果引起高原反应，差点就交待了。幸亏林丹砚发现我情绪不对，及时赶来救助。车上的氧气都救小藏羚了，她又不懂藏语求助，人家一个大姑娘给我来了个人工呼吸。我本来想好好谢她，可她招呼不打一个，就奔纳木错给哥哥转湖祈祷去了。我是真不放心她一个人乱走，越野车刚修好，咱们赶紧奔纳木错吧。"

原来是这样，周野又悔又急。他跳上越野车就疯狂开起来，把陈胖子都吓坏了。到了纳木错，湖滩上可不能开车，他只有下来也围湖边转起来，希望加快速度，能赶上已转了半天的林丹砚。这里的海拔比拉萨高出一千米，他速度又快，没多久就心跳气促起来。但他心里却是很甜蜜，他这是为爱情转湖啊，希望湖神保佑，前嫌尽释。

日出时分，周野终于看见了前面的林丹砚，忙赶在前面，叫了声："丹砚！"林丹砚没有回头，只是回应一句："我不认识你。"

周野想道歉却又无从说起，忽然叫了一声："我出不来气了。"然后倒在地上。他想着林丹砚也给自己来个人工呼吸，不就重归于好了？没想到，林丹砚身后闪出一条彪形大汉来，说："我来给他人工呼吸！"周野这下真晕了！

等周野醒来已经在陈胖子的车里了，他第一句话就问林丹砚："到底谁做的人工呼吸？不会是那位大哥吧。"林丹砚没说话,但是脸红得像晚霞。陈胖子笑呵呵地说:"是林医生啦,她说你是她男朋友,让她来合适一点。"

这下周野乐得都要蹦起来了。接着陈胖子又宣布了一个好消息,他决定在拉萨开一家分公司,负责人就是青子。一是报恩,这下青子又能治病又能挣钱。二是他摇出了上上签,这是福地啊。说到福地周野是完全同意,一趟拉萨之旅,终于赢得珍贵的爱情。

滨海县的大赛真稀奇

滨海县的环海公路一期工程竣工，刘副县长心里是喜忧参半，工程总算完成了一部分，可是二期工程的资金还没着落啊。如今只有一个法子，就是大张旗鼓宣传一下，动静闹得大点儿，市里看了高兴，再跑这二期工程款就好办了。怎么宣传呢？他就盯上院子里停着的小汽车了。这两年滨海县买小车的人不少，要是在刚完工的公路上组织一场汽车赛，再请市电视台来场转播，这事就八九不离十了。

说干就干，第一步是筹措资金，办比赛没钱不行，不然大家谁还来参加啊。刘副县长先跟县里的企业家拉赞助，这些人一听，汽车比赛？好，支持！要赞助？就都把头摇成了拨浪鼓，说最近生意不景气啦，您还是另想办法啦。到最后只有一家卖奥迪的汽车商赞助了十万块，不过人家也有条件，一、要有冠名权，就是说，这是一场"奥迪杯"汽车大赛，二、参加的车必须是奥迪车。

我的美丽妈妈

刘副县长满口答应，县里买奥迪车的人可不少，就是万一凑不够，把各单位公车匀出几辆，也不愁开不起来。

有了钱，事情就好办了。接下来就是召集选手报名了，他把通知发出去，说明第一名独得奖金六万块，第二名三万，第三名一万。重赏之下有勇夫啊，再说又不要报名费，陆陆续续就有十多人来报名了。刘副县长还嫌人少，他把这些报名的组织起来，来了场奥迪车队大游行，以便吸引别的人继续报名。

却说车队沿新修的环海公路缓缓行驶，刘副县长坐在头一辆车上，正迎着海风踌躇满志呢，车队忽然停了。只见前面有个挎背包的老外，站在路当中哇啦哇啦直叫。刘副县长纳闷，这是怎么了？等他下了车走过去，对方拿出个护照来，原来是意大利来的国际友人。可是刘副县长哪懂意大利语啊，问了两句对方还是照旧哇啦哇啦，伸着胳膊不让过。

正着急呢，从车队尾巴那里开来个国产奇瑞QQ车，车上下来个小伙子，对着老外，也说起了意大利话。谁啊？新分到县里的大学生李易。这个李易是学环保的，后来考上了公务员，就到县里上班了。李易这个人有点不着调，明明从了政，嘴里还时常说着他那个环保那一套，所以县里各个部门都不喜欢他，就把他暂时放在办公室里当科员了。这一回，刘副县长的车队需要个沿路发大赛通知的，就把他叫来了。可这人放着单位奥迪不开，非要开他的奇瑞，说是他这车排量小，环保，所以就把他排到队尾了。

李易懂意大利语，很快就明白原委了。原来这位意大利

社会万花筒之中国好故事系列丛书

青年叫罗奇，是个环保志愿者，这一次看到奥迪车队缓慢驶过，实在污染环境，他的意思，去哪里最好开快点，不要慢悠悠散步似的，挂个低档弄得到处是烟。

刘副县长听完李易的翻译，暗想老外就是事多，不过不解释还不行，就拖着长音讲起来："这是为了车赛造势啊，只有车赛成功，公路二期工程才会顺利，到时候经过砍树，筑基，铺油，这条路会更长，会成为我县经济发展的发动机"李易又翻译回去，罗奇这才明白过来，没想到他又来了兴致："汽车比赛我喜欢，我也参加！"刘副县长一听这可不成，汽车轮子不长眼啊，要是出个国际纠纷可不是玩的。忙说："不好意思，我们不接受外籍选手。"

罗奇一听直摇头："不，我想赞助这场比赛，我也出十万块钱，行不行？"李易一翻译，把个刘副县长乐的，没想到会有这么个大收获，忙问罗奇有什么条件。罗奇一本正经地说，他也有两个条件，一是参赛车不限于奥迪，什么车都可以，二是，他从背包里拿出一片树叶来："跑得最快的车得个'奥迪杯'，我另设一个奖，表现最好的车，让他得个'树叶奖'。"

刘副县长一听心里直乐，这老外够幽默的，不过想一想，戛纳电影节还有个金棕榈奖呢，咱来个树叶奖也不算离谱，于是立刻答应。

事情谈好，刘副县长就安排了一辆奥迪，要把罗奇送到县宾馆。罗奇看着奥迪车直摆手："不，我要坐李易的车，这个小车我喜欢。还有，让这个李易陪我聊一天可不可以？"这点小事还不好说？刘副县长都答应下来。

有罗奇赞助，大赛的奖金就高多了，一等奖上到十万，那个"树叶奖"也定了一万。不过在比赛车型上，刘副县长耍了个心眼，不是奥迪车的报名，一概不通过。因为当初奥迪赞助商说得清楚，如果有别的车型参赛，人家会撤资的。反正罗奇人生地不熟的，不怕他发现。

这一日天高起爽，汽车赛就开始了，市电视台也应邀而来，摆开了长枪短炮。罗奇坐着李易的奇瑞也来了，一到场就拉下了脸蛋子，嚷嚷着说："怎么都是奥迪车？这不可能！"刘副县长忽悠他："其他的车型没来报名，我也没办法。"罗奇不相信，用手一指李易："那我帮他报名！"

李易一翻译，刘副县长就对他说："你告诉罗奇，就说你的车——漏油，反正不能参加比赛！"这下坏了，罗奇一蹦三尺高，嚷嚷着要撤资。李易苦着脸对刘副县长说："人家明白您忽悠他了，简单点的中国话罗奇其实能听懂个大概，他找我聊了一天，就是学中国话。"刘副县长这下没辙了，心说走一步看一步吧，赞助款是煮熟的鸭子，决不能再飞了，只好同意李易参赛。

掉过头，刘副县长又去安抚奥迪赞助商，说明自己的难处。没想到奥迪赞助商哈哈大笑："想参赛就来吧，凭它那点速度，其实就是个陪衬，我还没听说过能跑赢奥迪的奇瑞呢。"

就听主席台一声枪响，众奥迪车风驰电掣，绝尘而去，李易的车像个小弟弟，很快落到了队尾。最终结果，就是一辆奥迪车捧走了第一名,李易成了最后一名垫底的。

获胜的奥迪车主由刘副县长颁了奖,正要走,被罗奇拦住了:"你,等下——"说着摸出那个树叶来,又把李易拉上台:"这个,你——"然后叽里咕噜一阵说。台上台下反正听不懂,都哄堂而笑,心说这个奖有意思,居然是颁给最后一名,虽然有一万奖金,可是面子上也不好看啊。

只有李易一脸庄重地接过来,然后替罗奇翻译他的讲话:"这片树叶,来自于阿尔匹斯山的山脉。我的家乡意大利威尼斯,为了建造城市,曾经砍光了这种耐水的树木。如今,大自然开始惩罚我们,由于植被破坏,气温上升,上涨的海水每年都要淹没我的家乡二百次。这个树叶奖,就是环保奖,奖给排量最小,污染最少的国产奇瑞汽车。在此我还要呼吁,不要为修路砍伐树木,二期公路工程应该改道!"

开始的时候,刘副县长听着不当回事,环保的事还不是年年提,年年走过场嘛,可是到后来,听到罗奇公然反对二期公路工程,这可是要上电视的啊,慌忙上前拉扯摄影记者:"这个不能拍,影响不好。"没想到记者呵呵一笑:"你想不到吧,其实罗奇前几天就跟市长讲过砍树修路的事了,我们正是奉了市长的指示,要把真实的报道拍下来。"

刘副县长目瞪口呆。这时他看见,罗奇推开了李易的翻译,直接用汉语对着镜头讲话。由于这句话他练了很久,所以说得异常流利:"在哥本哈根气候大会上,被淹没了国土的图瓦卢人说,全世界都应该向他们道歉,现在我要说,如果再这样下去,你们下一个应该道歉的,是我的家乡威尼斯!"

茶振民族魂

林姓老者

话说清朝道光年间，朝廷在广州设有十三家商号，可以和国外贸易，这就是直到现在还保有名字的广州十三行。

十三行里，有一家商号，老板叫张自良。他常年经营的是海上运输业务，把中国的瓷器茶具运到英伦三岛，然后把对方的自鸣钟运回来。在英国，茶具可是个比银子都贵重的物件，非大富大贵人家不得使用。自鸣钟运回来更了不得，贝勒格格们一见这东西，到了整点能自动飞出个小鸟，叽叽喳喳叫一通还飞回去，都稀罕得不得了，花多少钱也要收藏一个。所以几年下来，张家商号就成了广东十三行的翘楚。

张家商号越来越兴旺，英国商人约翰森看着眼红，就找上张自良，说想合伙经营。张老板对这个约翰森可是早有耳闻，仗着洋人身份唯利是图，就没答应。没想到约翰森一怒之下自起炉灶，在英国本土集资也办起了运输船队和张家商号对着干起来。

约翰森的手法就是照猫画虎，也让手上的几条海船装了百多箱茶具，还学着张自良用米糠填好空隙，以防破碎，然后一路运到英国出售，然后把自鸣钟运到广州出货。不过约翰森这家伙没安好心，一开始就在英国压价，张老板的茶具卖十两一套，他卖九两，为的就是挤垮对手，他好独占市场。

张自良没办法只好随着降价，最后一算账，收支表面看基本持平，但要是减去在海路上的破碎损耗，可就亏大了。要知道海上无风都三尺浪，再遇上台风，人都有危险。所以瓷器即使有米糠减震，通常都会破碎三成。

张自良是看在眼里急在心，难道眼睁睁地看着洋人抢走生意？这一天他心头烦闷，就去一家茶馆喝茶。这茶馆是安徽茶商郑老板开的，茶名雾里青，平时张老板越喝越舒畅，可今天一想到生意的事，不由就唉声叹气起来。这时，邻桌一位长袍老者看出他有难事，就问起来："这位老板，敢问是有什么难事？老朽姓林，说出来不妨替你开解一下。"

张自良看了眼对方，觉得老者目带慈祥，不由就来了个竹筒倒豆子，都讲了出来。老者呵呵一笑，说道："这有何难。"他悄悄附到张老板耳边，说出一个办法。

张老板一听大喜过望，回到船上立刻吩咐伙计："大家快买绿豆！"

我的美丽妈妈

绿豆玄机

再说约翰森,他正洋洋得意,虽然也有点小亏损,但他是不怕的,因为他身后还有一帮英国贵族股东支持,只要挤垮张家商号,还怕以后不赚钱?可当张自良的第二批茶具运到时,他就傻眼了。张老板这一回不但主动降价,而且降得比他都狠!约翰森卖九两的,张老板只卖七两。原因只有一个,在海路上他的茶具没有任何损耗,完好率百分之百!

这一次,约翰森的茶具只好赔本赚吆喝了。因为他的瓷器损耗还是三成,当他也降到七两,勉强出货后,大赔特赔的英国股东们都要跟他拼命。

大伤元气的约翰森返回广州后,百思不得其解,张自良为什么能把损耗降到最小?他派手下全天候监视张家商号的举动,不多时得到了消息,说张老板这一回没有像往常那样大量采购米糠,而是买了许多袋绿豆。约翰森挠挠后脑勺,也有样学样,买了一些绿豆倒进装瓷器的箱子里,往地上一摔,哗的一声,瓷器都碎了。

约翰森这个纳闷,这是怎么回事?正在他丈二和尚摸不着头脑的时候,又有手下报告,说有一件事很奇怪,他看见张家商号的瓷器装箱后,上船前,都要在码头上用水淋,一夜要淋好几回。

一言惊醒梦中人啊,约翰森不由举起了大拇指:"中国人,聪明。"他立刻吩咐手下,买绿豆,装茶具!

原来装在瓷器箱子里的绿豆淋了水,没几天工夫就会发芽,然后盘根错节地挤满瓷器间的每一寸空间。这个防震效果可比米糠好多了,难怪张家商号的瓷器即使越洋过海,也没一个破的。

看破绿豆玄机,约翰森还是照猫画虎,然后对方卖七两的,他卖六两,不信就挤不垮张家商号!

棋高一招

面对这种恶性竞争,张自良只好再次去雾里青茶馆,求教那位林姓老者。这一回老者没在茶馆里,却在茶馆后面的茶叶店里,对着琳琅满目的雾里青茶叶罐出神,一旁另一位胖老者躬身侍立。张自良一看这架势,这位老者多半就是茶叶店的东家郑老板了,就拱手施了一礼:"郑老板,张某又来求教了。"

一旁的胖老者闻言慌忙纠正:"我才是郑老板,这位乃是林——"老者立刻制止:"不用多说,叫我元抚吧。"张自良也无心细想,立刻说出自己的难处,求这位元抚想个主意。

林元抚想了想,目光落在茶叶上,不由呵呵一笑:"这有何难,徽茶雾里青乃是天下茶叶翘楚,正好能解决你的难题。"说毕又轻轻说出一计。

张自良自然言听计从,他命令最可靠的手下在密室里装箱,然后亲自监督装船。漂洋过海后来到英国,张老板又包了个大仓库,在仓库里秘密开箱,然后才开始发货。令约翰森大惊失色的是，这一回价格又降了，他卖六两的瓷器，张家商号降到五两！

这一番保密功夫没有白费，约翰森用尽一切办法也没能查出对方降价的奥秘。难道也是赔本赚吆喝？可是看张老板整天一副笑呵呵的样子，根本不可能！无奈之下，约翰森耍起了流氓，他请他的英国贵族股东操纵政府，用了一招直到今天还在用的阴暗手段，要对张家商号展开商业调查！

于是在一个清晨，约翰森带着英国政府官员堂而皇之地砸开张家仓库，打开茶具箱子，里面的东西又一次让约翰森翘起了拇指：箱子里的瓷器不再用绿豆芽减震了，换成了茶叶雾里青。要知道雾里青茶叶一到英国就大受好评，价格还在茶具之上。这样一来，瓷器即使有了损失，但是茶叶能补上，当然还有赚头。

佩服归佩服，约翰森可不是心慈手软之辈，他冷冷一笑，暗道：你们先别高兴得太早，看看究竟谁才棋高一着！

穷凶极恶

到了这个时候，竞争就到了白热化了。照张自良想，你约翰森就是学着用茶叶给茶具减震，成本和我还是差不多，价格相差不会大，鹿死谁手还说不定。没成想，就在张老板在广州码头卸货的时候，伙计慌里慌张地跑来报告，说约翰森在码头另一边也在卸货，他口出狂言，说张老板在英国卖五两的瓷器，他现在敢卖二两！

张老板还以为听错了,要知道这个价还低于中国本土的收购,就是折算上茶叶和回运的自鸣钟利润,也是稳赔不赚的,他不会发疯了吧?

张老板急急忙忙到码头另一边去看,发现约翰森的货船果然正卸货,一伙搬运工扛着箱子上甲板,看箱子的标签应该是自鸣钟。就在这时,一个搬运工崴了脚,箱子掉在沙滩上,裂开了,里面根本就没有自鸣钟,却是许多黑色粉末!

张老板立刻意识到,约翰森弃自鸣钟不运,而运这粉末大有文章,说不定他的茶具敢大肆降价,奥秘可能就在里。正当他想捡点粉末细看时,竟遭到了监工的鞭打:"滚远点!"张老板还要争辩,被一个人急急抱开了,这人竟是雾里青茶庄的郑老板,而他后面,是不怒自威的林元抚!

在雾里青茶馆里,郑老板三言两语说明原委,原来约翰森现在运输的,就是毒害中国人的鸦片烟土!这东西一吸就上了瘾,一上瘾就不管花多少钱,都必须买,因此不知道害了多少人倾家荡产,多少人丧失性命。张老板对这东西早有耳闻,想不到现在终于正面对上了!

这时郑老板说:"赔钱事小,抵制鸦片输入才是大事。为此我决定提供给你的雾里青茶叶,卖多少钱给我多少即可,不问贵贱,以便用商业手段挤垮约翰森!"张自良正要感谢,一旁的林元抚开口了:"我已联系上景德镇瓷器商刘老板等人,他们也答应这样提供货物,一定要把鸦片烟挤出中国去!"

张自良闻听,不由握住了两位的手,他感受到了众志成城的力量。

众志成城

就这样，张自良开出的这船货，有了特殊的意义。船上满载着广州各家商号提供的货物，肩负着挤垮鸦片贩子的使命出发了。茶商郑老板、瓷器商刘老板等商家都随船出行，因为他们都知道这船货的分量。

船到中途，意想不到的是，他们竟在海上遇到了海盗！张老板一众都异常纳闷，这条航线一向平平安安，怎会突然出现海盗？当海盗船驶近时，大家就什么都明白了。海盗船虽然打着骷髅旗，装备的大炮是英国海军专有的。

毫无疑问，一定是约翰森打听到了广州商家的行动，竟然说动英国贵族派出军舰来破坏了。估计是他们顾及什么大英帝国的颜面吧，才假装什么海盗，给自己挡上了一层遮羞布。

商船对军舰，根本毫无还手之力，几炮下去就在商船上轰出个大窟窿，海水开始大量灌入。英国军舰见目的达到，总算没有上船抢东西，自顾自开走了。

张自良见状，慌忙带人堵窟窿，可是没等堵上，商船就开始下沉了。雾里青茶商郑老板见状，猛地一咬牙关："扔货吧，先把我的茶叶扔下去，这样能减缓下沉速度，赢得堵漏洞时间。"随后他自嘲地一笑："我经营雾里青多年，万万想不到有一天，会把大海都泡上了茶，这可是世界上最大的茶碗了。"

郑老板说到做到，自己率先扔起茶叶包来。一连气扔了十几包,郑老板的眼泪可就下来了。这茶叶是他的命根子啊,就这样白白扔掉心中自然伤心。这时瓷器商刘老板看在眼里,心中也是老大不忍,他忽地站出来,说:"还是扔我的瓷器吧,瓷器比茶叶便宜不说,分量还重。"

说着,刘老板就要扔瓷器。郑老板不肯,两位可就争起来了。就在这时,船主张自良喊起来:"两位都别扔了,前面有艘瑞典船开过来,咱们有救了!"

要知道当时的瑞典,和中国有着正常的贸易往来,两国人民相当友好。茶商郑老板一听,慌忙放下小艇,又把扔下去的茶叶包捞了上来。虽然很多包都浸了海水,但在郑老板眼里,这茶叶都是安徽老家的人一片一片摘下来的,万万不可放弃。

瑞典商船是返回本国的空船,问明情况,就帮几位老板把货物搬到自己船上,然后修好破船,又护送回广州码头。

码头之上,听到消息的林元抚早就等候多时,一见众人安全返航,不由得热泪盈眶。当见到郑老板的茶叶被海水浸了,连连说:"这个损失官府来包赔吧。"想不到郑老板连连摆手:"这一路上我已想到了一个好办法,不但这盐浸茶叶派上了大用场,而且您操心的事情也有了着落!"

官府?张自良大吃一惊,不由看向林元抚。只见眼前之人捋须一笑:"本人姓林,名则徐,字元抚,官拜湖广总督。近日为研制戒烟丸,故此常常在郑老板府上盘桓不去。早就闻听雾里青茶叶有澄心静志,排毒养颜之能,可是和郑老板以茶入药,效果始终一般。莫非,郑老板已有明悟?"

郑老板躬身道:"我在船上看到被海水浸了的茶叶,忽然想到盐分有凝练作用,何不试试入药?结果效力非凡,戒严丸一成,您就可以放手而为!"

原来林则徐早已上奏道光帝,说道"烟不禁绝,国日贫,民日弱。十年之后,岂惟无可筹之饷,抑且无可用之兵!"道光帝看后正自犹豫不决。而林则徐在等候圣旨期间也没闲着,他想到已有鸦片烟瘾的人戒除不易,更不能杀掉,只有制出戒烟丸,戒烟时才会事半功倍。而今他听郑老板讲已制出强效戒烟丸,能不欣喜万分!

道光十八年十一月十五,清廷颁旨任命林则徐为钦差大臣,全权署理戒烟事务。从此,一场震惊世界展现民族魂的戒烟运动开始了,千古名茶雾里青的救世济人的光辉史也开始了——

和美丽同行

那是我第一次骑着山地车,独行川藏公路。但当骑到邦达时,胯下开始火辣辣地疼。看看四下没人,我脱下专门买的骑行短裤,才发现早被座椅磨破了。更要命的是,档里磨得红肿一片,眼看要化脓。

我只好在大中午就住进了路边一家藏民开的旅馆,操着普通话向主人买药和短裤。主人却听不大懂,只拿来了药品,我反复说也无济于事。这时,另一个住宿的骑行者杨青充当起了翻译,但是很遗憾,没有。

杨青比我先到旅馆,她扎着头巾,捂着大墨镜,只露出鼻子和有些干裂的嘴唇,但即使这样,也难掩那种出尘的美丽。敢独自骑行川藏线的女性毕竟不多,我不由多看了几眼,不过见她一副沉默寡言,拒人千里的模样,就没敢搭讪。

由于一路劳累,我涂过药吃过饭就蒙头大睡,直到天蒙

我的美丽妈妈

蒙亮的时候，才被旅馆主人叫醒。这是我昨晚嘱咐他的，早早上路好补上昨天的行程。想不到的是，旅馆主人递给我一大包东西，居然是女性用的卫生巾！见我不解，主人用半生不熟的普通话讲，这个是垫到档里替代骑行裤的。我有些哭笑不得，想不到咱一大老爷们，也有用到这个的一天。不过垫上才知道，效果甚至要好过我那个山寨版骑行裤。

当我要付钱的时候，旅馆主人死活不收，指着隔壁说了两个字：杨青。这么说是那个女骑友给的？忽然之间我对她产生好奇，美人赠我卫生巾，莫非是见本人玉树临风，有了好感？

我连忙起身，要去隔壁道谢，可是人去屋空，杨青早骑着车上路了。我也连忙骑车上了公路，半个小时后，就远远看见了杨青的背影。这段路是平地，她骑得竟然非常慢，我心头又是一动，是不是她在专门等我？我连蹬几下赶上去，然后大声招呼："谢谢你。"杨青脸上红了红，只是说："你看路旁风景多美，如果不是独自骑行，是不会体会到的。"

我顺着这个话题，谈起沿路见闻来。想不到她的见闻比我还广，据她说，这是第二次骑行川藏线，所以也懂一点点最基本的藏语，这话让我这个菜鸟汗颜不已。两人边走边聊，可是我很快发现，杨青的体力很差，只是刚刚有了点坡度，就额头见汗。我建议她休息下，可她摇头说："不用，我以前骑过这里。"我还真有点怀疑这话的真实性。

越往前走，坡度越大，这是开始翻越业拉山了。后来连我也气喘吁吁起来，其实坡度倒是其次，主要是四千米以上的高海拔氧气稀薄，连呼吸都困难。我看见杨青咬着牙，嘴唇青紫，可还是不愿意歇一歇。当两人好不容易踩到山顶，刚刚松口气的时候，我们几乎同时看到前面的"之"字形下山公路，以险峻和壮美闻名的"邦达七十二拐"。

"邦达七十二拐"据骑行前辈讲，因为这段山路太陡，公路无法修直，所以采取"之"字形缓冲坡度。这段路号称中国十大险峻山路之一，远远望去，汽车就像小蚂蚁般在路上小心移动，车体呈四十五度倾斜，而另一面，是深不见底的怒江大峡谷。对于我这样的第一次进藏的菜鸟，简直就是噩梦！我一屁股坐到地上，忽然有了掉头返回的冲动。

当我正想劝杨青一起返回时，想不到她竟然从后面一下子超过我，说："你想证明自己吗？现在开始了。"我气得有火没处发，就这样回去又觉得丢人，正在犹豫，后面忽然开来一辆越野车，我急忙高叫："带我走过这一段吧。"

越野车主是个年轻人，看样子也是个旅行者，他帮我把山地车装到车顶，然后让我也上了车。当车开到杨青身旁时，我喊了她一声："上来吧，咱们搭车过这一段。"没想到杨青只是摇摇汗津津的头，继续俯身骑行。年轻人说："她这人劝不动的，以前我要她搭一段，她说什么'过人生的大山无车可搭'就是不上来。"

这话让我心头不由一跳，想起自己依靠着不错的家境，才能不用上班，独自骑行拉萨，何尝不是另一种搭车？这时又想起，听话音莫非年轻人是杨青熟人？就打听起杨青的情

我的美丽妈妈

况来，但年轻人顾左右而言其他，反而是我沾沾自喜地讲了卫生巾的事，还说对她有好感，等等。没想到话音刚落，年轻人就忽然停车对我说："邦达七十二拐已过，下车吧。"我刚下车，放下山地车，他就绝尘而去！

这是怎么回事？我百思不得其解。回头看看，杨青在山腰的盘山道上慢慢骑行，我就一直等她上来，才招呼着结伴一起走。想不到杨青指着岔路不远处的一架木吊桥说："我的目的地不是拉萨，而是这里。"

我奇怪起来，几乎所有骑行者都视拉萨为圣地，把到拉萨为终极目标，她怎么只选个木吊桥？我不由仔细打量起木吊桥来，却没觉得有什么神秘。这桥横跨一条河谷，一边通往这里的公路，一边通往七八十户的一个小镇。桥是用铁链悬吊在两旁树上，然后铺上木板搭成的，人走上去摇摇晃晃。桥头还绑着个竹筒，一个铃铛，不知做什么用的。不远处竖着一块破烂木牌，用汉藏两种文字写着：每次仅限三人通过。

杨青骑着车当先过去，下了车走到竹筒旁，掏出一叠钞票塞进去，然后摇摇铃铛。镇子里很快出来一位老师和几个学生，他们收了竹筒里的钱，又向杨青道谢。杨青回身答礼，然后对我说："你也捐点钱吧，我们要捐钱为这些孩子们修桥。"我有点明白了，就也拿出钱来放在竹筒里。

杨青摘去头巾墨镜，露出一张清秀的脸来："我们两个合个影吧，就在这桥头。这里是我心目中的圣地，拍完照就要返回了。"咔嚓声中，老师用我的相机拍下合影。我深为这个坚强美丽而又善良的女子倾倒，不由说："请留个邮箱号给我，回去好传照片给你。"

留下邮箱号后，杨青打起了手机，才几分钟我搭过的越野车就从前方开来，车主让杨青上了车，载着山地车返回了来路。临行前，车主对我露出一种似笑非笑的表情，令我莫名其妙。

我留在桥头听老师讲述起吊桥的故事：这一座桥是小镇通往外界的唯一通道，而吊桥已有百年历史，年久失修的吊桥不但摇晃得厉害，还随时都有可能断掉，但村民实在无钱造新桥。三年前，一位路过的骑行者目睹一名儿童掉到桥下摔残，就在桥头绑上竹筒铃铛，然后在网上呼吁当任何一位骑行者路过时，都要捐一点钱，为建桥奉上一点力。而杨青，上回去拉萨时就来捐过一次，今年竟然为了捐钱，连拉萨也不去，专程来到这里。

我怀揣着这一温暖，骑完余下的路。八宿、然乌、林芝、拉萨，一路上觉得有美丽随行。

回到家，我迫不及待地把桥头的合影做成邮件发给杨青，又附上滚烫的话语，从卫生巾一直说到一路同行。然而不多久，杨青的回信却让我目瞪口呆：那是另一张合影，更确切地讲是全家福。杨青、孩子、丈夫。对了，就是那位越野车主。我现在才明白他那种奇怪的表情，现在想起来，还真是好笑。

她在回信中说：那个卫生巾，其实是所有骑行老鸟的一种常备护具，她只不过是付钱买了旅馆主人的卫生巾，又让

我的美丽妈妈

他送去而已。至于骑得慢，只不过是，她的一条腿是假肢。

那是在她去年从幼儿园接孩子回家时，被汽车撞断了腿。要知道她是舞蹈演员啊，这一撞无疑撞毁了她所有的希望。为此，她患上了忧郁症，多次自杀。后来还是当医生的丈夫开导她，还记得，以前去拉萨途中给桥头竹筒里捐款吗？那里的孩子几乎每天都面对你这样的危险。我开车载你去，再捐一次款吧。杨青说，我会去的，但我要自己骑车去，你在后面远远跟随。我要证明自己，我的腿还没有废，还不需要靠别人生活。

以后的事不用说了，当新桥修好的时刻，杨青也重新登上了舞台。而我在工作之余，又再次骑行川藏线，就为补上"邦达七十二道拐"曾经搭车的遗憾。

那句话说得真好：过人生的大山，无车可搭。

社会万花筒之中国好故事系列丛书

遭遇上流社会

何灵大学一毕业，就到方氏汽车集团面试。经过一路过关斩将，终于熬到最后一关。不想就在这最后一关兵败滑铁卢，人事经理把他的求职简历退回来，说任用了一名博士，作为硕士的何灵落选了。

何灵拿着简历直咬牙，他这个硕士怎么一转眼工夫就不值钱了呢？偶然一翻，看到简历的背面写着两排数字，第一排九位，第二排八位。这是谁写的呢？看来看去，忽然想起这倒像是QQ号和密码，何不上网试试？

何灵打开电脑上了网，把那两排数字输进了QQ。不多时QQ打开，他发现号码主人名叫"蓝田日暖"，可能是刚申请的，没有什么好友。正要下线，这时一个群自动打开，里面不少人正聊得热乎。何灵也想进去说几句，谁知根本插不上嘴，那些人聊得是什么乘游轮出海，威尼斯度假之类。这时他才想起看看群资料，好家伙，上流社会！

我的美丽妈妈

何灵明白了，一定是简历送到集团高层时，某位上流人士随手把自己的QQ号写在了背面。看着他们聊来聊去，他不由冒出一句来："几位，给四川灾民捐点怎样？那里今年大旱。"这话一发送，里面的人忽然就住了嘴，老半晌才有个叫"春心蝴蝶"的出来，说："你是新来的吧，别搅了大伙的聊兴。"何灵老大不高兴起来，上流社会难道就可以没爱心吗？言辞不由激烈起来。顿时群里硝烟四起，不少人对他开炮。何灵正自招架不住，一个叫"沧海月明"的人出来和他并肩作战，到后来还是抵挡不住，"沧海月明"只好高挂免战牌，说："这个话题先放一放，群里明天有活动，都到富豪俱乐部参加舞会。"这下才硝烟散尽。

直到关了电脑，何灵还是愤愤不平，难道说上流社会就可以丧失爱心？他决定也去俱乐部，和这帮有钱人再交交锋，顺便见见战友"沧海月明"。等到了富豪俱乐部门口，他向保安报上网名"蓝田日暖"，保安发给他一个小牌，上写"蓝田日暖"，放他进去。

这一进去，何灵才明白了"富豪"两个字的含义，两个眼珠子都不够用了。来宾个个珠光宝气，胸前也别着小牌，看来都是"上流社会"群里的网友了。这时他看见了"沧海月明"，是个美丽得令人目眩的女子，再加上名牌衣饰，根本就是今天舞会的公主。何灵本来还想过去见个面，看看自己的衣着只好停步，两个人就像生活在两个世界。

舞曲一起，"沧海月明"便向何灵身前的一个翩翩男子走去，这位男子胸前也挂着牌子，正是那位"春心蝴蝶"。

"春心蝴蝶"得意地一抬手,不料"沧海月明"却把手伸给了何灵,把个"春心蝴蝶"气得够呛。

何灵在大学里也是舞坛健将,两人很快就在舞池里飞速旋转起来。就在跳舞间隙,何灵问"沧海月明",来宾那么多人,为什么偏偏选上他?"沧海月明"调皮地一笑,说:"因为我们是天生一对啊。"何灵心头就是一跳,对方马上又解释说:"我是沧海月明珠有泪,你是下半句,蓝田日暖玉生烟,你说我们是不是一对?"原来是这样一对啊,何灵倒觉得有些失望。"沧海月明"笑着说:"看来我们有缘呢,恰好起了两个成对的网名。"何灵心里一阵高兴,但他向来磊落,马上说:"其实这是个误会。"便把自己怎样竞聘失败,怎样发现那两组数字,怎样糊里糊涂进入上流社会群,来了个竹筒倒豆子。"沧海月明"听完咯咯笑起来,说:"真是个老实人啊,写数字的就是我。"

原来,"沧海月明"就是方氏汽车集团的高级职员,名叫方卓。那个QQ号是她为朋友申请的,而且刚刚入了上流社会群,因为当时手头正忙着,便随手把号写在案头何灵的简历上。等简历拿走,她才发现连号也没有了。照她本意,打算当晚就把这个号从群里踢出来,不料何灵的那个为灾民捐款的话打动了她的心,看来这人还是个有爱心的人呢。于是就借舞会之机,见到了何灵。

两人越谈越投机,何灵不觉产生了爱意,正想表白,就见方卓忽然止住音乐,大声向大家宣布,今天她正式向各位青年俊彦征婚,想求婚的人必须要用"奔驰汽车限量版"作为聘礼，否则免谈。来宾们顿时发出一片欢呼，那个"春心蝴蝶"更是吹起了口哨。说这位方卓摆明了是方氏集团的家族成员，若是能当上乘龙快婿，还不是跳过了龙门？

何灵忙问方卓，这个奔驰汽车限量版是怎么回事？方卓说："这是奔驰公司为纪念建厂一百周年，用纯手工打磨和组装的汽车，大陆地区只投放了一辆。听说明天由一家拍卖行拍卖，这是真正的上流社会的象征呢。"何灵听了暗咬牙关，心说为了方卓，就是砸锅卖铁也要买下来。

第二天，何灵把所有能动的现金都带在身上，凑了六十万直奔拍卖行。到地方一看，只见那些青年们一个个铆足了劲儿叫价，很快把价格抬到五十万，出价最凶的就是那个"春心蝴蝶"。何灵摸摸提包，在电子叫价牌上打出自己的价位，六十万。想不到"春心蝴蝶"立刻就跟了上来，打出六十五万。气得何灵直咬牙，难道说只有放弃方卓吗？一时情急之下打出来："八十万！"

这才叫语惊四座，场面立时冷清了。奔驰限量版虽贵，但还贵不到这种程度。何灵也立时冷静下来，看看四周，他发现没一个人肯再出价，看来自己只有倾家荡产了。但是想到方卓，他又安慰自己，为了爱情也值了。

正当他准备走向汽车时，一个角落里戴口罩的黑衣人打出自己的价码，一百万！何灵不知该庆幸还是痛哭，只有心情复杂地走出拍卖行。

回到家他闷头大睡，都说网事如烟，就让这事如烟般散了吧。第二天天刚蒙蒙亮，结果他又鬼使神差地打开电脑，上了上流社会的群。忽然，他发现"沧海月明"给他留了言。打开来，竟是邀请他参加今天的订婚仪式，还说要告诉他一个秘密。何灵本不打算去了，但好奇心驱使下，还是照留下的地址找上门去。

地址在郊区，何灵一路找，竟找到一处农家小院里来。他这个纳闷，难道说他们这些上流社会都返璞归真，不住别墅住起了农舍？满腹狐疑下何灵推开院门，一个七八岁拖鼻涕的小孩跑出来，一把攥住他的手就往里拖，还直嚷："姐夫来了，我姐等你半天了。"

何灵糊里糊涂进了屋，就见方卓一身朴素衣着坐在炕沿上。方卓冲他微微一笑："有些奇怪吧，我要告诉你的秘密就是，我不是方氏集团的什么家族成员，而是公关部的一个临时职员，说白了就是车模。"

真相大白。原来那个上流社会群，其实就是一帮子模特们建的。他们交流的那些话，都是因为爱慕虚荣说大话。方卓说要用奔驰做聘礼云云，其实都是方氏汽车集团的策划，那间拍卖行就是他们开的。可怜的何灵在爱情驱使下不知不觉就入了套，和"春心蝴蝶"较上了劲，他哪知道"春心蝴蝶"也是个车模，不过他担任的是托儿罢了。到后来出一百万解了何灵的围的，其实就是方卓，此时她才真正被何灵感动，萌生了爱情之花。

何灵听完不由又羞又愧，后悔自己害得方卓出一百万买了汽车。方卓见状笑着解释，她是方氏的职员，其实只出了个价，并不用付钱的，但是老板眼见方卓放跑了何灵这条大鱼,便炒了方卓的鱿鱼。

　　方卓讲完,笑着说:"秘密我已经讲完了,是不是该进行下一个程序了?"何灵脑瓜子一转立刻明白了,马上单膝跪下,说:"请方卓小姐接受我的求婚!"

俄罗斯套娃

红色捷达

刀仔捧着头从医院里出来,脑海里还回响着医生刚才讲的话:"你这个头疼是间歇性的,每隔一个多小时就疼一次,可现在全世界都没有根治的方法,只能用药慢慢缓解。另外,"医生加重了语气,"以后可能会出现幻觉,开车时千万注意。"

刀仔从药瓶里倒出一粒药,扔到嘴里,也不用水就那么梗着脖子咽下去。仔细想一想,头疼的症状是从找到现在的工作开始的,钱虽然没少挣,但是精神太紧张了,或者就是这个原因引起的吧。

这时,他的老板打来了电话:"刀仔?富泉洗浴场外,红色捷达,87652。"他知道该工作了,就进入一家发廊,把头上的红发染成黑色,再理了一个老式小平头。出了发廊后，他套上一身灰蓝西装，戴起一副黑框眼镜，外贴一副小胡子，怎么看都是位和蔼的大叔了。

富泉洗浴场外，红色捷达，87652静静地停在那里。刀仔先确定车场的摄像头位置，然后绕到捷达的另一侧，掏出手机看时间：阴历大年二十九，晚上九点。之后掏出单位统一发的遥控器，关闭了车上的电子防盗器，再掏出工具对付门锁。当门锁咔的一声打开时，他又看了眼手机，用时五十八秒，比上回快了三秒。

红色的捷达鱼一样滑入车海，刀仔边哼着《侠盗猎车手》的旋律边摇头晃脑。这回又能得到一笔奖金了，正好年三十回家过年用。不知那个倒霉鬼得知车丢了，会有什么表情？半个小时后，刀仔把车开入一条郊外公路，这是通往公司秘密仓库的必经之路。路上几乎没有行人，也没有路灯，路旁都是一人多高的玉米地，看上去黑压压的像一群壮汉，正瞪着这辆车。刀仔甩甩头，他真怕在这个节骨眼上出现幻觉。

这时，一个瘦瘦的身影出现在车灯下，挥着手，好像是想搭车。刀仔知道老板的规定，路上是绝对不能搭人的。但他想起医生的话，开车时有可能会产生幻觉，就想旁边有个人说说话，好缓解压力。于是他停下车让这人坐在副驾驶位上。但他完全没有预料到，这人不但治好了他全世界都治不好的头疼，也给他留下了难以忘记的恐怖记忆。后来他回忆到这里时，说了两个字：命运。

这是个女孩。

从前有座山

上来的是个十八九岁的女孩子，背着背包，穿着工装，好像是刚刚下夜班。她笑着说："大叔，自行车坏了，我又急着回家，请搭我一程吧，我给钱。"刀仔笑笑，从后视镜里端详了一下自己的装扮，看来够专业，如果是白天那种装束，打死她也不敢上车。

刀仔故意把嗓子变苍老："钱可以不要，跟我说说话就行。比如说讲个故事给我听？"女孩子看上去情绪很好，也学着他的腔调说："那你听好了，从前有座山，山里有座庙，庙里有个老和尚。老和尚说，从前有座山……"

刀仔笑着打断："还是免了吧，不然我就睡着了。要不讲讲你自己？为什么这么晚还出来？"女孩子说："我是大学生，寒假里找了份夜班做工。平时晚上很少回家的，但是我哥哥要从很远的地方回来了，所以才急着回家打扫房子。我哥哥对我可好了，刚才的故事就是他讲给我听的。"

车窗外万籁俱寂，只剩下车轮行进的沙沙声。黑压压的玉米在车灯照耀下，现出枝叶繁茂的形状，刀仔觉得心情好多了。他随口问："你父母呢？怎么不打扫房子？"女孩子低下头说："父母在七年前就出车祸过世了，我哥哥是个木匠，从那时就出去打工，每月寄钱回来供我上学。可他每年只在年底才回来，每回来都送给我一个他亲手做的礼物。"说着打开身后背包，掏出个木雕女娃娃来。就在背包打开的

我的美丽妈妈

瞬间，刀仔的心跳猛然加速，那里面有一扎整齐的红色纸张，应该是百元大钞。

女孩还是自顾自说下去："哥哥说，他是按我的样子雕的，用的木料据说是过去雕神佛的黄杨木，因为我每年都长大一些，他就每年都雕得大一些，你看看，保准你能吓一跳。"说着把木雕娃娃放在仪表板上，揭开上面的一个，里面居然套着更小一些的娃娃。刀仔在工艺品市场见过类似的东西，知道这个创意来自于俄罗斯，叫做俄罗斯套娃。不过眼前这个无疑是本土化了，连衣裙，马尾辫，大大的黑眼睛和这女孩子真有点像。忽然，他发现套娃的眼睛好像转了转，难道是出现幻觉了？

刀仔定定神，笑着说："合上吧，看来你哥哥对你真不错。"说着伸手去拿最大的套娃，到了半途方向一转，忽然一把扯下女孩的背包。女孩刚露出惊愕的表情，已被他打开车门推到车外。看着女孩倒在玉米田里，刀仔露出微笑，今天的运气真不错，有了这笔钱，要不也租辆车回家过年吧，显得也风光不是？他打开背包，想清点战利品，忽然发现，里面竟是一扎冥币！

刀仔忽然觉得后背发冷，可又想，当地过年时候，有烧纸钱给先人的风俗，也算正常。可是看看仪表盘，上面的一大一小两个套娃目光炯炯，好像要活过来一样。他猛然坐起来，定神看看手机，十点十分，时间不早了，得赶紧回去。就这么一急，他的头又毫无征兆地疼起来，眼前一阵发花，他连忙又摸出一粒药吞下去。

147

随后,一个瘦瘦的身影出现在车灯下,挥着手,好像是想搭车。在雪亮的车灯下,刀仔发现,居然又是刚才的那个女孩,还是背着背包,还是那副工装打扮。刀仔只觉寒气蹿上脊背,哪里敢停,一踩油门就要冲过去。但是,捷达居然自己停了下来。车门自行打开,女孩坐在副驾驶位:"大叔,自行车坏了,我又急着回家,请搭我一程吧,我给钱。"

套娃的力量

刀仔目瞪口呆,一时间忘了所有动作,但是车却自动上路,开始飞驰。没等他问话,女孩子自顾自说开来:"那你听好了,从前有座山,山里有座庙,庙里有个老和尚。老和尚说,从前有座山……"

这是个从头到尾,再从尾到头循环往复的故事,刀仔忽然想到,难道说现在自己也陷入循环了?他看看手机,惊讶地发现居然是九点五十分,这么说,时间竟然退回去了!

女孩此时又拿出背包里的套娃,开始讲述她和哥哥的故事:"哥哥说,他是按我的样子雕的,用的木料据说是过去雕神佛的黄杨木……"刀仔扫一下仪表盘,那两个套娃已然无影无踪,抢来的背包也不见了。女孩把套娃放在仪表盘上,揭开一个,又揭开一个,忽然惊叫一声跌出门外,好像被什么人推了出去。身上的背包自动跌在车内,一叠冥币跳舞一样滚出来,发着幽暗的光。

刀仔慌忙看手机,十点十分。就在这时,头疼再次袭来，但他死盯住手机不放，终于看到，时间数字将要跳到十三分的时候，忽然变成了九点四十分。他觉得头疼得快要裂开了，又拿出药瓶准备吃一粒药，拧开盖子的时候，发现里面有九粒药，而医生开的是十粒。他知道时间的确循环了，不然吃掉两粒后瓶里应该是八粒，而循环的节点，就是头疼最厉害时的十点十二分。

看看仪表盘上的套娃和背包，果然都不见了。窗外一条公路一望无际好像永远到不了头，刀仔想到这里呻吟了一声，不是好像，可能是真的永远不到头了。

十几分钟后，女孩子再次出现，上了车开始讲故事："那你听好了，从前有座山……"刀仔听得毛骨悚然，恍惚中觉得自己就是那个可怜的小和尚，正受着永远讲不完的故事的折磨。他狂吼一声想去掐女孩子的脖子，忽然有一种看不见的力量挡住了他，把他掀回座椅。他想逃出车外，可是有种无形的力量禁锢住他，连车窗都打不开了。也就是说，他只能呆呆地坐在车里，不，应该是在钢铁牢笼里静待事态的发展。

女孩此时又拿出背包里的套娃："哥哥说，他是按我的样子雕的，用的木料据说是过去雕神佛的黄杨木……"揭开一个，又揭开一个，又揭开一个。刀仔心头忽然一亮，把握到症结所在。这是用来雕神佛的黄杨木啊，难怪自己会受到报应。而在时间循环中，唯一不同的，就是套娃揭开的次数，每循环一次就多揭开一层，现在是三个。他看一眼套娃，三个从大到小的套娃对他冷冷而笑，好像在笑他的贪、嗔、痴。

跟上回一样，女孩自动掉出车外，只留下背包和套娃。刀仔忍住头疼，抓住时间回逝前的两分钟，一把抓住套娃，一层层揭开。女孩子的哥哥雕了七年，套娃也有七层。而最后一层，里面竟然是个白森森的骷髅。刀仔手一抖，骷髅落地，他想到一个可怕的问题，当时间循环到第七次，女孩子揭到第七层，露出骷髅来的时候，会发生什么样的恐怖景象？

都是幻觉吗

随着刀仔更强烈的头疼，时间又回到了九点四十分。当女孩拿出套娃，揭到第三层，准备揭第四层时，刀仔再不敢让她揭下去，一把按住她的手："合上吧，看来你哥哥对你真不错。"说着一层层盖回去。奇迹出现了，女孩子没有自动掉出去，反而甜甜笑起来："我哥哥说，他做生意赚了大钱，这次回家过年要送我好多礼物呢，您让我搭车，我就送一个最小的娃娃给你吧。"

女孩再次揭开套娃，露出最小的一个，里面却是个笑容可掬，穿花褂的小小女孩。刀仔长出一口气，骷髅头不见了，他也终于跳出了那个可怕的循环。半小时后，仿佛永无尽头的玉米田稀疏下来，远处露出村庄里的灯火。女孩子到这里下了车，临走前说："我哥哥打电话说他新买了红色捷达车，这回是开自己的车回来的，最迟凌晨三点就到。"

女孩走了，刀仔上车刚要走，外地回来的小木匠，还点名要红色捷达。我用追踪仪查到他去了洗浴场，不用说是打算洗了澡，换身好衣服回去摆阔。我最烦这样的穷鬼，你这一下手，押金自然归咱们了，回来我给你发奖金。"刀仔越听越刺耳，啪地关了手机，把汽车调了个头，往回开去。看着仪表盘上的小小套娃，他已然想明白了，小木匠多半就是女孩的哥哥。假如，真的发生哥哥租来的车被偷，等哥哥回家团聚的妹妹被抢，那么满天神佛也会掉泪。

到了富泉洗浴场外，刀仔把车停在原车位，然后躲起来远远看着。不多时出来个西装革履却满面风霜的小伙子，上了车，扬长而去，好像一切都没发生过。刀仔晃晃头，忽然想起医生说自己可能会产生幻觉，难道晚间的一切都是幻觉吗？想到医生，他又想起该死的头疼，咦？一连几个小时竟然没有疼过！

"乒乒"一声，有鞭炮声响起。刀仔这才想起，年三十啦，自己也该回去过年了，过年回来，还是换份工作吧。

不做老大已多年

不做老大已多年

即使在繁华热闹的香港街头,也从不缺乏安静的去处。比如这里,油麻地闹市一角有家小小的牛丸饭馆,向来是我写稿子的圣地。不为别的,安静。老板是个四十多的汉子,光头,脸上有伤疤,为人却不错。即使像我这样一碗牛丸坐半天的人,也常常和和气气,有空还和我扯扯闲篇儿。

"看你忙得吃饭也不安生,写什么?""剧本,关于黑社会的。"我边打字边说。

"黑社会?现在不时兴这个叫法了,叫社团。"我点头,不过没有改动的意思,这年头卖字也讲个眼球经济,还是黑社会来得生猛,就像碗里的牛丸般筋道。

这时大约是下午四点,店里生意最清淡的时候。每到这时,闲到郁闷的老板通常都会喝两口酒,然后找人闲

我的美丽妈妈

聊,但今天实在没别人,就找上了我。大约是看我爱理不理,他突然抛出猛料:"你有没发现,我的店有点怪?别处常常有地痞流氓捣蛋,我这来可从来没有。"这句话把我的思想拉了回来,细细一想,的确没有发现过,这里安静得出奇,连大声说话的都没有。老板见我抬头,这才满意地摸一摸光头,轻轻对我说:"因为他们都不敢。你看我像不像社团老大?"

我不由仔细打量起眼前这位老板:光头,左脸有道灰太狼式的伤疤,如果再戴个墨镜,那么直接可以演《古惑仔》了。这时我的剧本正写到山穷水尽的地步,正需要灵感,于是我决定和这位疑似老大聊聊。

门一关,我主动发问:"敢问老大怎么称呼?属于洪家哪一个字头?"这是我从电影里学来的。老板笑得直打颤:"你当现在是清朝啊。这么着吧,我就给你讲讲我当年的故事。十多年前春节前,也是这么一个下午,也在这家店,我正想找人闲聊,忽然有一个光头闯进来。"

以下就是老板的故事了。老板姓王,人称阿庆,那一天,阿庆的店门被一个剃光头,戴墨镜的青年推开。光头不是来买牛丸的,反而要卖给阿庆一堆东西,"鞭炮要不?过年图个喜庆,算你一百块一挂好了。"阿庆知道这就是讹诈了,这种鞭炮放市面上,最多五块钱。他小心地说:"不巧了,昨天刚刚买了鞭炮……"话没说完就被截断:"老板,你要过年我的兄弟就不要过年了?你这店还想开不想开?至少五挂!"

就这样阿庆被讹去五百块钱。那时候的钱还是有点钱样子的，阿庆算一算细账，这钱得卖七千八百颗牛丸才能赚回来，不由心如刀绞。想一想以后还可能有这种人物上门，他想了个不是办法的办法，就是自己也剃了个光头，也弄一副墨镜戴上，说不定再来"兄弟"能含混过去。

他当然知道这种想法很可笑，其实也是种发泄的方式，但绝没有想到，居然真起作用了。第三天，上回卖鞭炮的光头又上了门，这回拿的是财神。然而刚进门，看到阿庆的样子忽然就张大了嘴，活像塞进去一颗特大号牛丸。然后就像见了鬼一样跑出去，不见了。

阿庆大感得意，想想自己不过剃了个头，就省下五百块钱，不由多喝了几杯。就在他晕晕乎乎的时候，又进来一伙人。这些人客客气气地把阿庆请到门外的一辆汽车上，然后护卫四周。车里只有一个男人，光头，墨镜，一身西装，阿庆怎么看怎么眼熟，当他看到汽车后视镜里的自己时，忽然明白，两个人竟是非常相像，唯一不同的，就是对方左脸有道伤疤。

伤疤男人看看阿庆，说："我是这条街的大哥，你可以叫我大哥坚，也可以叫我坚大哥，大坚哥也行，从今天起，你就是我的小弟。"阿庆的脑子糊里糊涂，但他还是不想混黑社会，就连连摇头："大哥坚，我一个小本生意人，平平安安就是福。"大哥坚瞪着牛眼看他半天，忽然笑了："你不要想歪了，如今我们社团做的是正当生意，比做白粉赚钱多了，不用打打杀杀的。"

我的美丽妈妈

见阿庆还是摇头，大哥坚拽出个皮箱来，随便抓出几沓给他："只要你帮我做事，这些都是你的。"阿庆知道这钱拿着烫手，还是不敢接。大哥坚终于生气了，脸上的伤疤一抖一抖的："不要钱也得帮我办事，不然你的店就不要开了！"

牛丸店是阿庆祖上传下来的，这是他的软肋，所以只好闪闪缩缩地问，要他做什么。大哥坚告诉他，其实很简单，明天社团话事人有个很重要的会要他去开，但是同时他有个更重要的事要办，实在脱不开身。刚才小弟发现阿庆和他长得很相像，就想让阿庆假冒他出席。事成之后，不但保证没人敢到他店里找麻烦，还送十万块钱酬谢。

阿庆明白，这事答应不答应都得做，就干脆点头，还混个好态度。大哥坚又郑重嘱咐他："会上你一句话都不要说，以免被看破，你要说一个字，我就砍你女儿一根手指头！"

有的座位不能坐

见阿庆答应，大坚哥明显松了口气。他让二当家四眼仔给阿庆装扮一下，先换了一身和大哥坚一样的西服，又用油彩画了同样的伤疤，墨镜再一扣，真的几乎一模一样了。照阿庆设想，黑社会的会议多半就是找个隐秘所在，摆一溜八仙桌太师椅，然后大家上香背切口。四眼仔笑着告诉他，没那回事，他根本就不用说一句话。

果然，会议是在一幢气派大厦里开的，墙上贴着楼盘图，桌上摆着沙盘模型，好像一个地产企业的会议厅。为首

社会万花筒之中国好故事系列丛书

位置放一把老板椅,估计就是社团总当家,也就是话事人,下面是一拉溜两排椅子,分别写着名字,不用问是各条街的老大。阿庆由四眼仔领进来,自行找到写着大哥坚的位子,坐下来。按照预先的设想,他捂起了腮帮子,一有人问询,他就指指腮帮子装牙疼,一言不发。

人员陆陆续续都到了,个个西装笔挺,表情严肃,要是事先不知道,会误认为这是一个地产企业联席会议。整九点,一个穿唐装的老者来到,做到主位上,大家纷纷起立点头问候:"龙四太爷好!"阿庆也装模作样,先点一点头,再指指腮帮子,然后坐下。

会议开始,龙四太爷发言:"大家都到齐了,好。"阿庆听到这里就纳闷,实际上东南角的椅子还空着,上面写着个"义"字。看样子叫义的老大还没有到,怎么说都到齐了呢?不过他当然不敢问。

下面各老大鸦雀无声,龙四太爷又开口了:"那件事以前商量过了,我建议大家投票,有没有问题?"同样鸦雀无声。龙四太爷足足等了十分钟,这才又开口:"休息五分钟,然后回来投票,投完票散会。"

阿庆感叹,到底是社团,这会开得真有效率,全部加起来就三句话。这时他感到尿急,就奔卫生间解决了一下,回来一看,各老大都板着个脸,有的还直冒汗,不住地掏纸巾来擦。他想回到自己的座位,忽然发现椅子上有一摊水渍,左手那位老大估计有羊癫风,端着茶杯的手直抖,把水抖到自己椅子上了。有水的椅子怎么坐?还不把自己这一身名

我的美丽妈妈

牌西服毁了？阿庆一转脸，就看到右手边的写着义字的空椅子，他想反正义老大没来，就坐到这把椅子上了。

五分钟到，龙四太爷坐到主位上，眼光往下一扫，看到阿庆的时候，忽然就激动起来："我当话事人十二年，还是第一次看到这种义举！你们整天拜关二哥，说什么兄弟同心，义字当先，可有谁能比得上阿坚？现在不要投票了，剩下的事，你们该知道怎么做了吧。"剩下的事让阿庆瞠目结舌，一个接一个老大站起来，把身上的所有值钱东西放到他跟前，现金、存折、银行卡、手表、还有钻戒。面对眼前的珠光宝气，阿庆有心想问又不敢开口，正想把这些东西都装在口袋里，左手的那位老大抢先夺走了："坚哥你放心，这些东西我替你保管，保证不出差错。"只见他一双手稳如磐石，跟刚才判若两人！

阿庆这时就觉出不对了，但还是不敢问，他怕花骨朵儿一样的女儿真被剁去手指头。就这样，他被两条大汉拥进一间空房里，给了他一个编织袋："大哥坚，您自己方便吧。"然后锁上门，守在外面。打开编织袋，阿庆就真正傻了，里面三样东西，一根绳子，一瓶安眠药，还有一把刀。刀居然还是名牌，瑞士军刀。

义字是这样写的

阿庆就是再笨也猜到个大概了，刚才那些钱就是买命钱，这是要让自己自寻了断。听听外面，那两名大汉正聊天，说大哥坚好义气，帮大家弥补了一场天大祸事，咱们就给他多段时间吧。看样子，这两人一时还不进来，阿庆就拿起瑞士军刀来，悄悄撬窗户。撬开来往下一看，还好，这是五楼，下水管道就在不远处，他就沿着下水管爬下来了。

一下楼他就狂跑，想跑回店里接了老婆孩子赶紧跑路。没想到刚到街口，就被一辆保时捷拦住了，大哥坚探出光头来说："上车。"阿庆往四外一看，所有出口都被车卡死，知道跑不掉了，只好上车。

车里还是只有大哥坚一个人，他一见阿庆就把一个纸袋子扔给他："这是十万安家费。本来你活命的机会很大，可你坐了不该坐的椅子，抱歉了。"

在众兄弟的车前后围绕下，保时捷缓缓驶上公路。这时大哥坚边开车边说明来龙去脉，原来各社团老大们发现做房地产比卖白粉还来钱，就入股建了个地产公司，董事长就是社团话事人龙四太爷，各位大哥都是董事。问题是一座在建的大楼倒了，砸死了不少人，警方迫于舆论压力，要地产公司给个交待。大家知道必须有个董事出来顶罪才行，但是让谁去才合适呢？眼看各位老大又要打起来，龙四太爷就说出个民主的办法，投票！谁得票最多谁自杀。之所以选自杀而不是自首，因为大家互相信不过，万一进去咬别人怎么办？

事情也是巧了，剃了光头的阿庆被小弟看见了，和大哥坚真是神似啊，所以大哥坚就让他冒充去开会，这样假如被票选了，就让他顶罪。本来不至于就被选上，但阿庆坐的那个位子有说法，叫做"义字位"，是给关羽关二爷留的神位,每回社团开会都要留下的。阿庆一坐,就是表示他要学关二爷的义气,所有罪责一肩挑!

说到这里大哥坚满脸歉意:"知道繁体义字怎么写吗?上面是羊下面是我。就是说奉献在上个人在下。为了社团众兄弟,我这个做大哥的不能死,只好委屈你阿庆兄弟了。"阿庆的脑子都不会转了,他只知道一件事,那就是自己会被杀掉。就在这时,前方忽然出现一个路卡,警察正在盘验行人。阿庆还不怎么样,大哥坚大惊失色,因为他知道这不是普通警察,这是飞虎队反黑特警!

刹那间大哥坚再也顾不上兄弟之义,猛打方向盘朝旁边他的手下兄弟的车撞去,因为旁边有小路可以逃。两车相撞发出沉闷的响声,对方的车被撞下路面,大哥坚的车刚驰下小路,却冷不防后面四眼仔的车又横插过来,于是产生更大的碰撞。保时捷登时像乒乓球般弹起,然后摔到路旁。

说到这里,我已完全被他的讲述吸引了,不由问:"你俩没事吧?""我当然没事,不然就不会坐在这里。"阿庆说:"但是大哥坚死了,然后,我就当了大哥。"

谁是真正聪明人

那一场车祸太严重了,两人都是脸部受伤,昏迷不醒。不过不幸中的大幸,因为离路卡远,特警们没有过来查问,只是当普通交通案处理了。阿庆被送到医院,两天后醒过来,这时四眼仔过来喊:"老大,你终于醒了。"原来他和大哥坚同样的衣饰，同样的头如黑炭，更妙的是同样脸部受伤，掩住了那道伤疤。大哥坚昨天抢救无效死了，临死前没有片言只字，这样四眼仔就拿不定主意，眼前这位到底是谁，出于稳妥，还是先叫声老大对头。

阿庆知道社团的人什么都干得出来，忽然就起了冒充的念头，等稳定下眼前的人，再去接老婆孩子跑路。想到这里，他就含含混混问四眼仔，目前是怎么个情况？四眼仔没听出破绽，就说事情闹大发了，已不是当初的找个替罪羊那么简单，现在警局高层动怒，要借倒楼案清扫黑道，那天特警设卡就是抓人的。现在龙四太爷脑部中风，已辞去话事人的职位，其他老大自感资历不够，都想推举阿庆做新话事人。

阿庆生怕露出马脚，哪敢答应，忽然想出一条脱身之计，说自己受了这么一场伤，有点心灰意冷，想把老大之位传给四眼仔。四眼仔一听顿时感激涕零，当了这么多年二当家终于转正了，说不定还能再上一级，直接当了话事人。趁四眼仔高兴得有点失常，阿庆说自己金盆洗手后，打算去接手那家牛丸店，因为他喜欢牛丸。四眼仔拍胸脯保证，今后没有人敢去捣乱。

故事讲完了，我不由对阿庆刮目相看，他也算是个曾经沧海的人。正在感叹，阿庆又凑到我跟前说："还记得我犯的那个错误吗？位子一坐错，后果很严重。所以，"他忽然加大嗓门："以后不要一碗牛丸占半天位！"

老天，我哑然失笑。原来编这一大篇故事的目的，只不过是赶我走路，我还当真了呢，我只好收拾电脑离开。

我的美丽妈妈

　　以后的日子里，我还会去阿庆的店里吃牛丸，但是吃完就走，不敢逗留。平心而论我还要谢谢他，那段故事已写到我的小说里，很精彩。但是第七天我吃完要走的时候，一个大汉走了进来，说他要去夏威夷旅游，临行前要吃一碗牛丸。我一看就吓了一跳，因为跟阿庆太像了，脸上的伤疤也像。难道阿庆讲的故事是真的？但这位要是大哥坚的话，他为什么没死？

　　等阿庆盛完牛丸，我就偷偷拉住他，问这位是谁。阿庆看看四下没旁人，才悄悄对我说："这位就是大哥坚了，其实那天他也没死，醒过来后就想趁机洗底，借诈死跑了，他跑的时候还跟我打了招呼，留给我一笔钱，说什么人在江湖身不由己。后来我才明白他这话的含义，真正是江湖诡诈啊，头脑简单的四眼仔还以为借机上位，当了话事人，可第三天就被警察抓去蹲了牢房，吃上了警察的免费便当。其实人家都拿他挡警察的枪，他一被抓，龙四太爷的中风病马上就好了，重新做了话事人。"

　　"那么，现在是龙四太爷的天下了？"我问。阿庆呵呵一笑："他也在夏威夷晒上了太阳，不过是永远的。几年前，一颗子弹把他留在了那里。其实真正能晒上太阳的，就是那位聪明人。"说着，阿庆一指角落里嚼得嘎吱有声的大哥坚。

六十五年回家路

一

和煦的阳光照在缅甸东枝的一座村寨里。这是一户掸邦族里很平常的居民，八十一岁的老人赵有全身子骨还算利落，一边磨香楝木粉，一边看着小外孙彭家敢写作业。当看到外孙拿出直尺量图形长度时，他想起了什么，起身去木头柜子里拿东西。但是，东西不在柜子里。老人顿时着急起来："我的地图呢？谁拿走了？"女婿彭启林闻声走进来，对赵有全说："没人敢动您的地图的，谁都知道那是您的宝贝。您再找找？"赵有全头上有汗流下来："就是没有了，昨天还在的。"

正急的时候，小外孙说话了："地图是我拿了，很旧啊，还有铅笔印，都快看不清了。"彭启林慌忙跟儿子要过来，捧给赵有全。赵有全戴上老花镜，把地图摊在地上，又

我的美丽妈妈

跟外孙要来直尺，把女婿彭启林叫到身旁："你是有文化的人，你量量从东枝到中国腾冲，从腾冲到湖南桃源有多少里？"彭启林用尺子量出距离，然后用比例尺换算，说："很远呢，怎么着也有两千多里吧。"老人叹一口气，忽然说："我就是桃源的人啊，离开那里有六十五年了，不知道，我这把老骨头还不能再回去看一眼。"

彭启林娶了赵有全女儿的时候，只知道岳父来自中国，打完仗后就留在缅甸，现在还是第一次听说，岳父是湖南桃源人。他问："您既然想家，为什么又要留在缅甸呢？"赵有全的眼睛里流下浑浊的泪水，他先招呼女婿坐下，又喊来刚做完作业的小外孙，说："我想回回不去啊，现在年纪越来越大了，就讲讲过去的事吧，不然，以后可能就讲不出了。"说着，他从木柜子里掏出个蓝布包裹来，里面居然是一捧黄土："就从这黄土讲起吧，它就来自我出生的地方，湖南桃源。"

六十五年前的中国湖南，桃源村。

那一年，赵有全刚满十六岁，正在屋前的池塘里放养七只鸭子，就被大他一岁的哥哥赵来全拽到了国民党征兵现场。因为家里的人口实在太多了，粮食又实在太少，赵来全想着，参军后能在队伍里吃上饱饭，就拉上了弟弟赵有全。

村里的年轻人都在村口排着长队报名和领军装。轮到赵有全的时候，那个负责招兵的军官看着他瘦小的个头，问道："你多大了？"赵来全忙替弟弟答道："我十九岁，我弟弟十八。"军官皱着眉头说："我怎么看你俩不像十八九岁的?"赵来全忙说:"家里穷,吃不饱饭,长身体慢呢!"站在旁边的乡亲们也忙帮着他们兄弟俩圆谎。就这样,赵有全和十七岁的哥哥成了两名远征军的士兵。

他们换上了军装就要离开家的时候,赵家兄弟的母亲从远处哭着跑来。两兄弟一左一右,抱着母亲说:"娘啊您哭啥?我们过不了几天就回来了,还给您放鸭子呢。"母亲边擦泪水边点头,然后把两个蓝布包裹给了两个儿子,包裹里是爹挖自桃林村口的黄土。湖南有这样的传说,带家乡的一抔土出远门,就不会得水土不服的病。这个蓝布包裹从此就紧随在赵有全,六十五年从没离过身。

坐在大卡车上,赵家兄弟俩看着依旧站在村口给他们送行的父母和乡亲们,忍不住地泪流满面。赵来全突然说道:"有全,咱们上车前忘了给爹娘磕头呢。咱们这一去,也许这辈子都没有机会磕头了。"赵有全点了点头,随同哥哥一起面向站在村口的父母跪倒在汽车上。汽车上其他的那些新兵们愣了一下后,也都纷纷下跪……

二

讲完这一段,老人有点累了,起身喝了口水。彭启林问:"那么他们大多数都回去了吗?"赵有全摇摇头:"据我所知,十个人有九个回不去。我们参加的是中国远征军,不但要对付日军,还要适应缅甸险恶的自然环境,伤亡非常大。"说到这里,小外孙天真地问:"接下来要讲战斗故事

我的美丽妈妈

吗？我最爱看打仗故事了，嘟嘟嘟，一扫一大片。"老人爱怜地摸摸小外孙的头，眼里却全是恐惧，他拉开上衣，露出胸口的一块伤疤来："战争的险恶，是你们这些和平年代的人想不到的，就讲讲我这块伤疤的来历吧。"

赵有全哥俩坐在大卡车上一路颠簸，四天后他们终于到达了中缅边境。在一个叫腾冲的地方，这些新兵们接受了为期七天的射击、投弹等项训练和战前准备。战前训练结束后，一个络腮胡的军官对赵家哥俩说："看你们这个头，还没有枪高呢，咋他妈打仗！就先安排到辎重团吧。"就这样，哥俩当了辎重兵，其实就是部队里的搬运工。

辎重兵虽然用不着面对面的和日军开火，但是一样要跟着运送物资的军车上前线。战争的残酷场面是赵有全想都没有想到过的，哥俩的主要任务，是战前把一车一车的弹药、食品运到前线。战后，又把一具一具的尸体挖个简易坑埋了，在坟上做好识别标志，以便将来寻找。16岁的赵有全夜里整晚整晚睡不着觉，眼前老是晃动着死状可怖的死尸，幸亏大他一岁的赵来全不住地安慰他，说小日本就要完蛋了，咱们就能回家了。回家做什么？赵有全问。赵来全就说，还是放你的鸭子啊，估计现在都能下鸭蛋了吧。

仗一直打到1945年初，中国军队逐步转入反攻，一举攻占了缅甸北部重镇密支那，彻底掌握了战场的主动权。这天早上，赵有全去给络腮胡军官送洗脸水，络腮胡突然问道："小家伙，想家了没有？"赵有全的眼睛立马就红了，离家这么久，不知道父母双亲过得怎么样呢。络腮胡笑道："告诉你个好消息，我刚接到上方的命令，明天我们就可以动身回国了。"赵有全简直不敢相信自己的耳朵，他惊喜地追问道："真的吗？我们真的明天就能回国吗？"络腮胡笑着点了点头。

果然，第二天一大早赵有全所在的部队便离开密支那，上车直奔着祖国的方向而去。此时，赵家哥俩和所有人的心情是一样的，回家了，终于可以回家了。

车队已经靠近了云南的腾冲，甚至赵有全已经远远地看到了界碑上大大的红字"中国"。突然，在公路旁的一个山头上响起一阵阵山炮和迫击炮的声音。霎时间，赵有全和他的战友们被淹没在一片炮火之中。原来是一队日军接到情报，奉命在此截击回乡心切的他们。一枚炮弹落在距离赵有全不足三米的地方，他眼前一黑，就什么都不知道了。

等赵有全醒来的时候，他已经躺在了病床上。医院设在腾冲一所破旧的小学里，门外的一个老兵，正推着满满一车被截肢下来的胳膊和腿脚拉去掩埋。赵有全突然意识到了什么，他忙举起自己的双手，又忙抬起双腿来看。还好，四肢都还健全地长在他的身体上。哥哥赵来全看着赵有全，说道："刚才医生已经取出你胸腔里的弹片。你算是好的了，没把身体零件留在缅甸。"

赵有全本以为伤口长好后就可以回家了，不想却持续地发起高烧来。军医看过后，说是发炎了，这里的医疗条件有限，马上要转送回密支那的英军医院进行治疗。然而哥哥赵来全接到上峰命令，必须跟队伍回国。就这样，赵家哥俩

我的美丽妈妈

不得不分开了，两人抱头痛哭，然后约定，一年后在家乡桃源，母亲跟前重聚。

在密支那，赵有全的病情时好时坏，有好几次都遇上生命危险，几年后才逐步好转，回家的心情也是更加的急切。这天，他看到接送伤兵的卡车停到院子里后，便急匆匆地跑去找英国主治医生，请求医生批准他出院回家。主治医生盯着赵有全看了几眼后，说："你现在的情况出院是没有问题的。但是，你已经回不成中国了。"赵有全顿时一愣，忙问发生了什么事情。英国医生停顿了一下后，说："你们的国家发生了内战，已经没有汽车能够送你回国。"

这个消息，如同晴天霹雳让滞留在密支那的所有伤兵都呆住了。有三十多个湖南籍的伤兵，也包括赵有全在内，大家商议着，要不就徒步回国吧，从缅甸的密支那到云南的腾冲只有两百多公里的路程。可是，赵有全他们从医院里出来后，都是身无分文，一路之上吃饭都是问题。有道是冻不死的葱、饿不死的兵，就有人提出来沿途到居民家里去要钱、要饭，只要能回国就行。于是，赵有全这群历经过炮火洗礼的伤兵们顷刻间就变成了一群乞丐，他们的目标只有一个，那就是回家。

在崇山峻岭中，赵有全他们也不知走了多远，但是很快遇到了更坏的消息，前面有不少国民党溃军退了回来，说是国内的仗越打越大，很多公路和铁路都断了，而且返回的士兵不让回家，还得继续打仗，不过，这次要打的不是日本人了，而是中国人打中国人。他们这些士兵早已经厌倦了战争，所以宁可客居他乡，也不愿意再回国打仗了。

赵有全遇到了络腮胡军官，他说他看见了赵来全，很不幸，赵来全死在战场上了。赵有全听完号啕大哭，然后听从络腮胡的建议，投奔他的一个当地熟人先落脚，等国内局势定下来再回去。免得没有被日本人打死，却死在中国人自己的枪口下。赵有全想了想后，认为现在也只能是如此了。

三

听到这里，彭启林点着头说："幸亏有络腮胡军官啊，他叫什么名字呢？"赵有全忽然怒火中烧："我不想说他的名字，因为，他带我走的路让我悔恨了一辈子！"没等彭启林发问，赵有全就急速说下去。

络腮胡带着赵有全和其他三十几个人，一路走到了缅甸掸邦的地界。在这里，他们遇到了李弥第八军93师残部，络腮胡投奔的，就是这个师的赵团长。

93师是在内战中打了败仗，被赶到缅甸的，在等待台湾方面的接应。但是这支孤军等了半年，不但未能到台湾去，连军需给养也被缅甸方面切断了。这时候，李弥下了命令，让他们自己种罂粟谋生，来个以毒养战。

生计是暂时解决了，但是这个后来被称为"金三角"的毒窟，受到了来自缅甸政府军和当地掸邦族人的愤慨，93师需要应付两方面的攻击。赵有全辎重兵出身，还是负责运送弹药给养和打扫战场。在一次负责清理和掸邦人交战的战场时，他发现死人堆里有个负了重伤的掸邦女子，按规矩，他是该补上一枪的，但是出于对制毒贩毒事情的反感和对掸邦人的同情，还是悄悄把女子背到一个山洞，拿来药物进行了治疗。两天后，女子苏醒过来，她略懂一点汉语，告诉赵有全，她叫杜素姬，是掸邦游击队的一员。

杜素姬走后，赵有全更加反感金三角，视这段经历为人生的大污点，他偷偷把枪留在营地，照着祖国的方向走去。第二天出操时，赵团长发现他开了小差，怒冲冲带人去追。在三十里外的一处树丛里，赵有全被抓住了。

按照军令，逃兵是该被枪毙的，幸亏络腮胡说情，赵有全才被饶了一命，但是被调离作战部队，当了一名罂粟种植工。赵团长为了控制种植工们，让所有工人都染上大烟瘾，然后按出工记录，发给大烟做酬劳。赵有全也不例外，不过他发现，染上烟瘾的工人不再被严加监视，因为赵团长他们认为，即使有人跑掉，也会因为熬不过烟瘾跑回来。

趁着烟瘾不深，赵有全再次逃出营地，朝家乡的方向跑去。这一回，赵团长没有追来，但是走了两天后，不但烟瘾越来越大，让他痛不欲生，饥渴和劳累也袭了上来。赵有全知道，如果回头，还是能得到鸦片和食物的，但他不愿意再次失去这回家的机会，还是顽强朝前走，终于，一头栽倒在树丛里，晕死过去。

四

说到这里，小外孙就叫起来："外公您死了吗？真危险啊。"彭启林笑骂："外公死了还能给你讲故事？"赵有全也笑了，他从柜子上取下妻子的照片，爱怜地用衣袖擦了擦，才说："我当然没死，因为我遇上了我妻子杜素姬，也就是你外婆。"

当赵有全睁开眼睛，发现自己躺在一间草屋里。救他的，就是杜素姬。杜素姬因为枪伤始终难以痊愈，已经离开了游击队，在家务农。这天，她在山野间采药，非常巧地发现了晕倒的赵有全，才救了他回来。

其实，杜素姬家里日子过得也很艰难，她两个哥哥都死在了战场上，家里还有一个年迈的父亲和一个多病的母亲。为救治赵有全的毒瘾，杜素姬花光了家里的积蓄，这令赵有全很感动，不过他回乡心切，等毒瘾完全戒除后，他向杜素姬提出了回家看望父母的想法，还说等安顿下来，还会回来看素姬。

杜素姬听了也很感动，她把蒸熟的大米撒上盐巴晒干，给赵有全当干粮，然后跟亲戚朋友借了一笔钱，作为路费。如今战事不像以前那么多，没必要翻越崇山峻岭了，最好雇车走大路，不但安全，也省力得多。

赵有全心里非常清楚，素姬的这些做法，是因为对自己有了情意。但他还是想回去看一眼母亲，哪怕只是一眼。告诉她，哥哥赵来全死了，可他还活着，还会侍奉她老人家。

赵有全搭乘了一辆要去中缅边界上拉货的大马车。这一路上走走停停的，赶到中缅边界的一个小镇上就用了七八天的时间。马车老板告诉赵有全，再往前就要靠他自己走了。

这天夜里，赵有全就住在了小镇的一家马车店里，在这里他认识了另外一个远征军的老兵。那个老兵告诉赵有全，现在是一九四九年了，新中国刚成立，对出入境人员检查得非常严，没有官方的通行证根本无法回国，即便是偷渡回国了也极有可能被当作国民党的特务抓起来。

两天后，赵有全赶到边境线上一看，果然和那个老兵所说的一模一样。赵有全思量了好久，还是不敢偷偷越过国界线。面对近在咫尺的界碑，他只好跪下磕了个头，然后通过一个当地的中国商人买来一本地图。既然有家不能回，每天能看看中国地图也算是一种安慰了吧。

就这样，赵有全带着一张地图又回到了掸邦。杜素姬见到赵有全回来了，顾不得问是怎么回事就一头扑进了他的怀中。

赵有全和杜素姬结了婚。家里穷，婚事也就很简单了，请来村里一位德高望重的老人当"灌礼师"，简单举行了个仪式就算是完成了。

结婚第二年，缅甸和新中国建交了。过境的手续也简便多了，赵有全始终没有打消回家看望父母亲的念头，但是家里欠着他上次回去欠的债，令他不忍心跟素姬说出口。素姬明白丈夫的心事，就和赵有全商量准备做点小本买卖，不但能还债，也好积攒下次回家的路费。

杜素姬拿出来他们结婚时亲戚朋友送来的礼钱，帮着丈夫在家门口开了一间经营水果、烟酒的小摊子。挣的钱杜素姬一分钱也舍不得乱花，除了还债，都给丈夫积攒了起来。当攒到足够回国的钱时，杜素姬生了女儿。

　　作为孩子的父亲，赵有全再不敢说回家的事了，因为只凭妻子一个人劳作，是很难抚养孩子的。为夫为父，两副担子已经压在了他的肩上。他想，还是等孩子长大些再说吧。

　　这一等，又是悠悠二十年岁月，当年的青春小伙子，也熬进了中年。这一年女儿嫁给了八十里外村寨的彭启林，赵有全在想，现在可以回家看看了吧。

五

　　这一回，是彭启林先开了口："我记得娶您女儿的时候，您手里积攒了一些钱了，中缅过界也比较简单，既然有时间，为什么没回去看看呢？"老人叹了口气："我脑子里老是想着回家，可是竟然忽略了一个人，那就是你岳母杜素姬。"

　　当赵有全喝完女儿喜酒，回家时，发现妻子正把干粮往袋里装。他不解地问妻子在做什么？杜素姬头也不抬地说："我给你准备回家路上吃的干粮，如果不是家里的老人放不下，我也想跟你去看看没有见过面的公婆呢。"当杜素姬抬起头的时候，赵有全发现妻子哭了。

　　知夫莫如妻，杜素姬知道丈夫对回家的期盼，那是刻在骨头里的。她不止一次看见，赵有全在那幅带回来的地图上，从掸邦到腾冲比划一条线，再从腾冲到湖南桃源比划一条线，然后念叨有多少里。还有那个从不离身的蓝布包裹，都承载着太多的思乡之情。

赵有全紧紧地搂了搂妻子，发誓说看完了父母马上就回来，然后踏上回家的路途。这次手里有钱，他坐上了大巴车，车上还有通信工具。令他想不到的是，车刚走出两天，村里邻居就打来电话，说杜素姬快不行了。

赵有全疯狂地朝回赶，终于在医院里见到了妻子。原来妻子早已积劳成疾，但是始终瞒着他。丈夫一走，松懈下来的杜素姬脑血管病就复发了。好在抢救及时，她没有生命危险，但是从此瘫痪在床。

赵有全满怀愧疚，妻子对他付出太多了，而自己竟始终未能觉察妻子早已积劳成疾。于是，赵有全又打消了回家的念头，从吃喝到拉撒，全心侍奉杜素姬，这一侍奉，就是二十年。二十年后，妻子走了，年迈体弱的他再经不起路途颠簸，只好彻底打消回家的想法，搬到女婿这里居住，闲下来就翻翻地图，用一根铅笔画线，从东枝到腾冲，从腾冲到桃源……

六

彭启林听完这番讲述，良久说不出话来，想不到岳父这位垂垂老者，居然有这么一段惊心经历和一颗拳拳的回家之心。其实现在从缅甸去中国是很简单的事，他去了缅甸首都仰光，找到了中国驻缅甸的大使馆，以便申请签证。大使馆人员听了很是吃惊，他们想不到还有这么大年纪的远征军滞留缅甸，这是那场战争最好的见证人啊。于是当即回复，马上着手办理有关手续，以便让老人尽快回归故土。

2008年9月12号，在回家的路上足足徘徊了六十五年的赵有全，双脚终于踩到了祖国的土地。大使馆安排专门人员送老人回了湖南，桃源村。

赵有全回来了，他已从离家时那个风华正茂的年轻人变成了一个垂暮的老人。然而，他梦中多次出现的那两间草屋，还有放养着七只鸭子的池塘不见了，取而代之的是拔地而起的小楼群和宽宽的柏油路。也难怪，悠悠六十五年，当年的小村庄当然会发生天翻地覆的变化。

令赵有全老人更为惊奇的是，爹娘虽然过世了，但哥哥赵来全居然活着！原来当年络腮胡在硝烟里看错了，死的是另一个人。分别了半个多世纪的赵家哥俩抱头痛哭，然后一起到父母长眠的陵园上香。

在二老灵前，赵来全给了弟弟赵有全一件想不到的礼物。那是一张发黄的旧照片，是当年父亲在赵家哥俩走了后，用半口袋高粱的代价，请城里的照相师拍了老屋的照片。父亲说：孩子们只要还活着，就一定会回来。我怕他们回来找不到自己的家，就拍了相片，给他们指个路。

赵有全再次泪流满面，照片上是那两间魂牵梦绕的茅草屋，草屋前是那口清清池塘，池塘里的七只鸭子正嘎嘎地叫着。六十五年前跟爹娘辞行的一幕，宛在眼前。随身六十五

我的美丽妈妈

载的故乡黄土洒在父母坟茔上,爹娘啊,儿子回来了!

两天后,赵有全说,自己还是回缅甸度过余下的时光吧,毕竟女儿外孙都在那里。不过,他嘱咐赵来全和其他亲戚,等他死了,一定要把骨灰取回来葬在桃源,叶落归根啊。

社会万花筒之中国好故事系列丛书

无泪的英雄

英雄

那一年的气候特别怪,已到秋凉时节,还是热死人。用我姨夫的话说:往年是秋老虎,今年是秋大象。我姨夫不是等闲人,乃是统领靠山屯几十户人家的总瓢把子——村长。那一年我在城市里热得受不住,就跑到靠山屯避暑,然后就领略到了他刚才那句高论。

靠山屯建在半山腰,住户都是稀稀拉拉的,山后是本村坟地。姨夫有一子,也就是我的表弟,年方十一就好生了得,上得山头采蘑菇,下得溪流摸小鱼,整天也不见个人影。这一天要吃晚饭的时候,表弟又不知道野到了哪里,我仗着在这里待了几天,多少有点熟悉,就自告奋勇去喊他回来吃饭。临行时节,姨夫郑重告诫我:"本村几十户人家你都可以进,千万别进槐树头王家,就是进去,一句话都不要说。"

我的美丽妈妈

槐树头王家我是路过几次的，门口有位老太太挪动着小脚，对我问这问那："伢子哪里来啊？城里啊，一看就是大地方人。读书了没？"我老老实实回答："读了。"忽然之间老太太的脸色就变了，她像见了仇人一样，把院门一关，让我赶紧走开："回你姨夫屋头去吧。要下雨了。"要下雨了？我看看天，不会吧，此时明明是艳阳高照万里无云。

这一家是有点怪，我也懒得进他们家，就去其他人家里找。但是很遗憾，小表弟没在那里。眼看天色已晚，我还真怕表弟出个闪失，就转到了王家的门口，想着万一还不在，就要动员姨夫上山找了。其实姨夫的嘱咐我没有忘，一个原因是咱年轻，人家明知山有虎偏向虎山行，咱连个山里人家都不敢去吗？另一个，是闻到一股扑鼻的酒香。

没错，以我从小学三年级就开始喝白酒的资格，可以断定这是本地有名的草原白酒，又名"闷倒驴"。这种酒度数极大，据说倒在油箱里可以顶汽油用，它是我这个资深小酒鬼的最爱。

我推门就进，完全不顾老太太惶急的阻拦，循酒香直接进到正屋，看向炕头。炕头坐着个精巴瘦的老头，也就是王家主人王老爷子。他左手不停地抖，但右手稳如磐石。原因无它，因为右手攥着一只酒杯。

这才是真正的好酒之人啊，一颗生怕好酒洒掉之心，是可以突破生理极限的。我坐下，眼珠子盯着酒瓶。王老爷子明白我的意思，给我倒了一杯酒。我掏出一盒火柴，划着了在酒面一晃，酒杯里立刻腾起一道火焰，再右掌一压，灭掉火后一饮而尽。这是从我那酒鬼老爸那里学来的，常常能得到满堂彩。

王老爷子瘪着嘴一挑大拇指："伢子年纪不大，懂得真多，我老王头还是第一次见过你这样喝酒的。不错，热酒才补身。"说着也学我的样子点火，却屡屡失败。我便接过来帮他点上，得到王老爷子满心欢喜。

就这样，我们两个一杯接一杯喝了下去，连来找表弟的目的都忘了。不过我没忘掉姨夫的第二条规矩，那就是始终没说话。但王老爷子的话匣子却彻底打开了："我知道你，从大城市来的，村长的外甥。你知道我吗？我是英雄！"

说着，他就非常利索地跳下地，以令我瞠目的速度打开木柜，取出个红布包来，然后让我看。里面，是几张盖着红戳的奖状，还有证书。年代最远的一张，竟然还是边区政府发的，内容都差不多：奖给抗日英雄王明永。

就着"闷倒驴"，王老爷子开始了他的讲述："那一年，小鬼子带着狗翻译王四来搜山，到了靠山屯，抢了老百姓的鸡鸭粮食，还要我做菜给他们吃。是我气不过，把老鼠药下到菜里，他们八个人全死啦。"王老爷子边讲边笑，后来又哭出声，看样子喝得有点高了。

我傻呵呵听着，英雄，烈酒，快意恩仇，这些东西都让我当时年轻的心激动不已，以至于连老太太打眼色都没看到。后来她又踩我的脚面，示意我赶紧走。但是我受酒精麻醉，还是没反应。最后老太太迈着小脚慌里慌张地走了，不多时喊来我姨夫，同早已从山上回了家的小表弟，才把我勉强拽回去。

一出王家院门，姨夫就脸色惊慌地问我："你在他家说话了？"我摇头："没有。"姨夫长出一口气："还好。"我对表弟说："想不到王老爷子居然是个英雄。"表弟嗤地一笑："英雄？我们都叫他王疯子。"

疯子

一路无话。回到家后，姨夫泡了茶给我醒酒。一杯茶下肚，我的脑子渐渐清醒过来，开始把憋了一路的话倒出来："王老爷子是疯子？不是有那么多奖状证明，他是个英雄？难道他毒杀八个敌人的故事都是编的？"

夜深了，姨夫点着草把开始熏蚊子："他讲的故事是真的，不过不完整，那是一九四五年……"

一九四五年初，一个八路军重要人物被日本人追捕，逃进了靠山屯所在的这座山。日军一个小队七个人在翻译王四的带领下，来到靠山屯预备休憩一下，然后再进山搜捕。他们来了之后，不但翻出了村民所有的钱物粮食，还杀掉好几个村民，然后命令曾经当过地主家厨师的王老爷子，做一桌菜肴上来。王老爷子一时冲动就下了毒药，毒死这八个人，然后逃到深山躲起来。

我听完不由问："这么说，跟他自己讲得差不多啊。"姨夫揉揉被烟气熏红的眼睛："他一定没跟你说，翻译王四是他和前妻的独子吧。逃进山不久他就疯了，后来还是乡亲们找医生救治过来，还续娶了现在的老太太。不过现在都二十年了，还是有些疯疯癫癫的，经常一个人独自在屋子里喝酒。"

原来是这样，我忽然有些理解老王头儿了，王四再不像样也是亲儿子，大义灭亲四个字写起来容易，真要做起来却是连着心肝的。二十年漫漫长夜，也只有烈酒才能稍遣心痛吧。

山里的蚊子果然厉害，虽然门口点了草把子，还是战斗机一样围着我打转。下半夜我连痒带热睡不着，干脆爬起来出屋闲走。屋外山高月满，要凉爽得多，不知不觉间，我来到山后，耳边隐隐有一个声音，像是虫鸣。不对，我越往前走越听得分明，这是一个人的哭声！

山后已然是坟地，不过我的酒意尚未全消，大着胆子就循声走了过去。没错，是有一个人伏在墓碑前哭泣不已。月光虽然不大亮，仍然能看出是王老爷子。

他手里是拿着的酒瓶子，还是"闷倒驴"，看样子喝得又不少。我怕出事，就过去拍他的肩膀，然而他已是满身酒气，软在地上爬不起来。我干脆伏身背起来，想背他回家去。一番酒友，又是英雄，不能让他睡在这里不是？正当抬头迈腿的时候，我看见了墓碑上的字："王明永之墓"。

我这个人自小天不怕地不怕，不然也不敢半夜溜达到坟地里，然而现在头皮还是一炸。我背上的老头应该就是王明永，有那些奖状为证，然后我又看见了王明永的墓碑。不由就想起了那个刻石碑的鬼故事，难道说，王明永是鬼？这么说老太太也是鬼了？这么说我在村子里所见所闻，都是被鬼迷了？

我甩甩头，看见掉在地上的酒瓶子，拿起来喝了一口，脑子里的胡思乱想立刻没了。眼下要紧的是把老人背回去，其他都是扯淡。

当看见槐树头的灯光时，我放心了。因为老太太正在门口焦急等待。见我把老王头背回来，老太太千恩万谢，还要张罗着给我泡茶。我倒不想喝茶，只是问："那块墓碑写着王明永，老人家这不是挺好的吗？"忽然间老太太脸色就变了，把刚泡好的茶就端了回去："回去问你姨夫，以后不要再来了！"

我只好回去。但是姨夫早已鼾声大作，问什么都得明天再说了。

王明永

当我第二天问起这个问题时，姨夫明显不耐烦："这个事情很简单的，坟里埋的是老王头的儿子王四。其实这坟是老头子给自己备的，因为王四名声臭了，大家都不让他入王家祖坟，老头子又不忍心，这才把儿子葬在自己坟里。老头不是疯疯癫癫的吗？他连自己的碑都刻好了，一并竖在坟前，打算死后跟儿子合葬。"

听上去是有些怪异，不过谁又能跟这样伤心到极点的老人较真儿？

过了几天，村里接到了上面拨下的救济款，是家家有份的。但村里年轻人几乎全部打工去了，所以来领钱的都是些老年人。老年人大多不识字，让我这个帮助姨夫记账的大学生大开眼界。有别人代签的，有在领款单上按手印的，还有用印章的。王明永家老太太就是用的印章，木头刻的，早已模模糊糊，然而我还是分辨得出，那是三个字：王世德。我又看看领款单，上面写着王世德。可我明明记得王老爷子叫王明永的，不由就问了句："王世德是谁？不是王明永吗？"

话一出口就坏了，王老太太两只手哆嗦起来，印章掉到地上都忘了捡，急急忙忙跑到窗口往外看。村里人都脸色铁青地看着我，像看着一只外星来的怪物。姨夫三步并两步走进来，抓住我往外就拖："明天一早你就下山回家吧。这些事跟你没关系。"

我只有一头雾水地回去，整理行装，准备第二天下山回城。然而第二天我没能走成，因为将军来了。

将军

将军是在当地官员陪同下来的，阵仗颇大，靠山屯不但洒水净街，还要大放鞭炮。姨夫作为村长，头天晚上就接到了电话，然后他就皱着眉头吸起了烟，吸半天对我说："明天你不要走了，我给你个政治任务，陪王老头喝酒。一定要从早上喝到中午，不管你用什么办法，都不要让他出屋。话可以说，但不要谈他儿子的事，等你回来，我会告诉你所有的事情。"

我的美丽妈妈

　　于是第二天，我就拿着姨夫给的两瓶"闷倒驴"进了王老爷子的家。老太太这一回显得分外殷勤，又是炒菜，又是温酒，对我也有了笑模样。估计老太太也是受了姨夫的嘱托，所以才主动配合咱的革命行动。我是重任在肩，就和老王头推杯换盏，席间把城市里的稀奇事一股脑儿搬出来，把两个老人都听傻了。

　　喝着喝着，外面传来车轮声，王老头就要出去看，我连忙说起城里的飙车案，撞了人不但不跑，还要折回来再撞一次的奇闻，把王老爷子气得义愤填膺，直嚷嚷这种龟儿子应该千刀万剐，自然就不出去了。

　　再过一会儿，外面又传来鞭炮声。王老头再次起身，说要出去看看热闹。我就说起某贪官被抓，老百姓连夜响鞭炮的事，王老头听罢猛干一杯酒，说一声："解气！"也不再挪窝。

　　看看快到中午，我的任务就要完成的时候，没想到我的小表弟跑了进来："表哥，后山来了好多人，说要把一座坟迁往山下的烈士陵园，你还不看去？"我还没表示，王老爷子猛然站起来就往外跑，老太太一拉没拉住，整个人就呆在那里了。

　　以下的场景，我可能一辈子都难以忘掉了：一位花白头发的老将军，站在王明永的墓碑前，说着："这里埋的是我党地下工作者王明永同志，是他故意提供给敌人错误的情报，才让我顺利逃脱虎口的。"这句话一字不落地进入匆匆赶来的王老爷子耳朵里，然后，轰然倒地。

真相

在抢救老爷子的间隙,村长向将军,也向在场所有人交了底:王四才是王明永,这块墓碑本来就是给王四的,老爷子就是王世德。王明永是地下党,上面发来的给王明永的奖状和证书,给老爷子王世德的时候,都告诉他,这是政府对你大义灭亲的奖励,你是英雄,你儿子是汉奸。因为他的心灵再也经受不住这样的打击了。老爷子是不识字的,连自己和儿子的名字也分辨不出,时不时地拿出奖状给人看,说这是自己的。全村的人都形成了这样的默契,每回都点头附和着他:是啊是啊。二十年,就这样过去了。

当我这个识字的外来者进了王家的门时,就相当于面临一次被揭穿的危机。还好,我总算一言不发,没有念出奖状上的"王明永"三个字。后山墓碑上刻的就是王四,也就是王明永的大名,姨夫所说刻的是王老爷子的名字,以后父子合葬的假话,是防我在奖状上看出破绽,给捅出去。但是领款单上的名字无法作伪,又差点让我揭出真相。还好,老爷子王世德当时不在附近。而现在将军到来,这个谜底已无法掩盖。谁能预料到,老爷子醒来会怎样?再次疯掉,还是……

将军面沉似水,忽然说:"我看这坟就不要迁了,其实老人也是英雄,我们把谎言编下去吧。等他醒来就说,王明永同志的事还需要进一步调查,还不能确认他的烈士身份。"众人只有点头。

终于,王世德老人醒来了,目光清明。当将军说出编好的言辞时,没想到老人一脸疑惑:"王明永是谁?我从来就没有过儿子。"

老人失忆了。

以后,我下了山回了城,完全没了王世德老人的音讯。三年后,姨夫进城找我,在喝酒的时候,我就问起老人以后的事。姨夫说:"老人两年前就走啦,他临死时,居然照着家里的印章,学会了'王世德'三个字的写法,然后自行刻在那面石碑上。最后,果真和儿子合葬了。"

我有点纳闷:"他不是失忆了吗?"姨夫咕咚喝下一杯酒:"女人心,海底针,男人心,比海深。他心里到底怎么想的,我们这些局外人怎会知道?"

高考四十八小时

蔫人火性

刘老蔫是某化工集团下属的消防队的一名司机,这一天是六月七号早八点,他刚刚上了班,正在院子里擦拭消防车的玻璃,手机忽然响了。他刚刚一接通,就听到儿子刘志成急促的声音:"爸爸,我把准考证忘家里了,我们九点开考,无论如何您要在九点前送到考场,不然,我就进不去了!"

今天,是刘老蔫儿子刘志成参加高考的第一天。就在早上,刘老蔫因为不敢向王队长请假,自己八点钟照常上了班,就让儿子一个人坐公交去考场,可没想到孩子毕竟年纪小,一紧张就忘了拿准考证。要知道刘志成的成绩年年拿年级第一,这要误了高考,就是误了他一辈子啊!

刘老蔫的冷汗都冒出来了,高考是万万不能出差错的,自己一干多少年的消防队司机,就是无法升职,还不就是文凭低吗？就为这个，老婆兰娜十五年前才红杏出墙，最后带着另一个孩子跟自己离了婚。也就为这个，自己才沉默寡言，胆小怕事，得了这个刘老蔫的外号。但如今火烧眉毛到眼前，刘老蔫蔫人也有了火性，他豁出去了！念头一转打车都来不及，干脆上了消防车就往外开，看看门前大路上车流拥挤不堪，一咬牙又违反规定拉响了警笛！

警笛一响，消防队王队长慌忙从办公室里跑了出来，挥着手高喊："刘老蔫你这是唱的哪一出？今天根本没火警，你拉着警笛开车乱跑，想受处分吗？"刘老蔫是真急了，知道现在只有开消防车才能赶上考试，他大吼一声："我有急事，要处分回来再说！"说完开车冲出大门，扬长而去，把个王队长气了个七窍生烟！

有鸣笛开道，路上的车纷纷避让，消防车在马路上风驰电掣一般，很快来到刘老蔫家楼下。可他刚要下车，忽然叫一声苦，原来自己走得太急了，把楼房门钥匙忘在消防队办公室了！也是急中生智，刘老蔫一按车里的按钮，只见车顶的云梯嘎吱嘎吱展开，直接伸上七楼他家的窗外。没等云梯架稳，他就登了上去，三爬两爬爬上去，一脚踹碎玻璃窗，然后就看见，放准考证的袋子正端端正正放在桌子上。原来昨天晚上，刘老蔫在桌上放了这样一模一样的两个袋子，一个是准考证，一个是今天的早餐，里面是一个面包和一包咸菜。刘志成起床有点晚，没来得及吃早餐，拿起其中一个袋子就走，结果就给弄混了。

拿了袋子，刘老蔫依旧通过云梯下来，收了云梯，然后

社会万花筒之中国好故事系列丛书

一路警笛长鸣，开到考场。还好，离开考还有五分钟。这时刘志成等得都快哭出来了，一见老爸来到慌忙迎上来。刘老鸢把手伸进袋子，正要往外拿准考证给他，不料儿子脸上闪过一丝慌乱，劈手就把整个袋子夺了过来，然后自己拿出准考证，走向守门的老师。

刘老鸢心里挺纳闷，儿子对自己一向温顺，今天这是怎么了？隔着老远，他就看见儿子拿着准考证给了老师，老师看看他，又看看上面照片，问了一句话："你叫什么？"儿子低声回答了两个字，都是开口音，因为远刘老鸢没听清。然后那位老师点了点头，让他进了考场。

事情办完，刘老鸢长出一口气，开着消防车，关了警笛返回消防队。一进门，他就发现王队长正火冒三丈地瞪着他："原来你还敢回来，本月奖金都扣了！"然后就是一阵雷霆暴雨。刘老鸢恢复了鸢人本性，低着头听训，其实心里美着呢，儿子顺利进了考场，说不定考个清华北大，咱就能伸直腰板做人啦！

王队长训了半天，暴雨慢慢变成了毛毛雨，刘老鸢这才闪闪缩缩的，说明原委："队长，我儿子今天参加高考，忘带准考证，我也是急了，就……"王队长听他说完就是一愣："你怎么不早说？我家孩子去年高考，我也是操碎了心，好在最后考上了，可怜天下父母心啊。你的工资本来就低，算了，不扣了，写份检查给我。对了，你孩子叫什么名字？"

刘老鸢心里这个高兴，这下等儿子考完就可以犒劳他一下了，嘴里应着："他叫刘志成，报的也是王队您儿子的那所大学。"王队长点点头："刘志成，这名字起得好，有志者事竟成。"

王队长说完，就要回办公室，刘老蔫盯着他的嘴却冒起了冷汗，镇定了一下，他说："中午我想提前两小时下班，去考场看一下儿子。"队长显得格外大度："去吧，都是为人父母，我理解。"

王队长一走，刘老蔫的腿就打起了哆嗦，不为别的，就为王队长说的那三个字：刘志成。他清清楚楚记得，儿子进考场时，老师问他叫什么，儿子张嘴说的是两个字的开口音，而不是三个字！也就是说，前天晚上儿子跟他提的那件事，很可能成真的了，那就是，换考！

急中生智

就在前几天，刘老蔫在家休假的时候突然晕倒了，是邻居把他送到医院的。医院一检查，发现他脑子里有个瘤子，还好是良性的，但是医生告诉他，再不动手术的话，瘤子会压迫视神经，有失明的危险。但这是开颅手术，手术费没三万下不来。刘老蔫一盘算，家里倒是有三万积蓄，但那是准备交儿子上大学的学费的，就悄悄回了家，没敢跟单位说，也没告诉儿子，想等儿子考上去，外出读书的时候再想办法。

可没想到，刘志成是穷人的孩子早当家，不但偷看了他的诊断书，还自行找到那位医生，了解了个七七八八。回来他就对刘老蔫说了一件事，说本校有个阔老板的儿子叫张扬，跟他长得有九成相像，就是互换照片来对比，也露不出马脚。不过学习可不怎么样，每回考试就是混个勉强及格。如今张老板找上了刘志成，说张扬也是今年参加高考，只不过考点不同，只要两人互相交换了准考证，互相在试卷上写对方的名字，张扬就一定能考出好成绩，事成后他会给刘志成五万块钱。

刘老蔫一听就急了："不行，我一定要供你上最好的大学，难道你想学我开一辈子消防车？"刘志成当时没说话，他还以为儿子回心转意了，可联想到今天儿子惊慌的神色，还有那个两个字的开口音名字，不用问也猜得出，他和张扬换考了。

刘老蔫铁青着脸来到考场，等到上午十一点半，刘志成考完出来了。他上前二话没说夺过儿子的准考证，上面的名字果然写着：张扬。刘老蔫腾腾腾往外走，刘志成一声不吭地跟着，直到走到考场附近的一个广场，那里的角落里有个遮阳的小亭子。刘老蔫首先进了亭子，看着刘志成也跟了进来，他挥手就要打儿子，到了中途又放下来，长叹一口气。

刘志成的性子跟老爸正相反，多少有点倔，他脖子一梗，说："爸，您的手术拖不得，可这钱从哪里来？再说我就是考上，念了大学，生活费也是不小的数字，毕了业找工作又要花钱，这钱又从哪里来？还不如早早开始挣钱，您也省心。"刘老蔫想反驳，却自己也知道说不过儿子，他只知道，高考是儿子将来出头的唯一机会，是绝不能放弃的。

我的美丽妈妈

就在这时，王队长给他打来了电话："老刘你在哪里？我在一家饭馆喝了酒不敢开车，现在有单位的十万现金要存银行，你来我这里给我开下车。"刘老蔫答应了一声："马上来！"，脑子却飞速转开了，十万现金？正好用来哄哄儿子，只要熬过高考，以后的事以后再说。他酝酿了一下情绪，然后满脸堆笑地对刘志成说："刚才是彩票站朋友打来的，说我前天买的彩票中奖了，十万块，要我去彩票中心去兑，现在你该放心高考了吧。"

刘志成完全不相信："老爸，我不是小孩子了，哪有这么巧的事？您就别哄我了。"刘老蔫早有准备："不信？你先在这里等着，同时买点东西吃，我这就去拿回现金让你高兴高兴。"

刘老蔫出了小亭子，去手机里说的那家饭馆找到了王队长，说出了自己的计划，就是借王队长这十万现金，拿到旅馆让儿子过过目，儿子一相信，就会找张扬换回准考证，就能安心参加剩下的高考了。这样即使第一科考不好，凭他的实力，考好后面几科还是能补救的。王队长一听，开始头摇得像拨浪鼓一样，说这哪行啊，但后来被刘老蔫的软磨硬泡勾起了同情心，加上又喝了酒，就说："这样，我在小亭子外面等着，你儿子看完钱你立刻带上车，同我去银行。"

就这样，刘老蔫开着车，载着王队长来到离小亭子不远的一个拐弯处，小亭子里面的人是看不到这里的。然后王队长等在车里，刘老蔫提着装满现金的提兜进了小亭子。提兜一开，刘志成一见整整齐齐十沓百元大钞，不由他不信，喜出望外地说:"咱们马上去张扬家里,我有他家的地址,离这里不远。"刘老鸢却摇着头说:"等下,我先把这钱存到银行,这才保险。"

说完话,刘老鸢就提着装满现金的提兜,出了小亭子直奔王队长的车。王队长见他过来,从车窗就把手伸了出来,要接提兜。可当提兜刚碰到王队长的手,刘老鸢还没撒手的时候,边上忽然驰过一辆摩托车,车上的青年抢了包就跑。原来小亭子四面透风,刚才父子俩说的话被这个路过的小青年听到了,就骑着摩托来了个飞车抢夺!

铤而走险

十万巨款就这样没了,王队长的酒意立刻被吓醒了,他结结巴巴地说:"老、老刘,这可是公款,怎、怎么办?"刘老鸢也傻了,不过看看王队长惊慌失措的样子,又想想人家本来是帮自己,就咬着牙说:"这钱是我从你那里借的,跟你没关系,明天,明天一定还你。"

王队长长出了一口气,知道现在这事有点说不清,要是刘老鸢死咬着还了自己才被抢的,自己也没辙,不由良心有点过不去,就说:"老刘,我先去报案吧,警察真找不到,咱们再另想办法。"

想什么办法?刘老鸢苦笑,自己住的房子还是租的,可能出路只有一条,就是把责任全揽过来,王队长是好人,是为帮自己才出的事,不能让他为此受处分。重要的是,明天

我的美丽妈妈

是八号,过了明天高考就完毕了,无论如何要让儿子顺利考完,以后自己要拘留要坐牢都无所谓,反正很快就会失明,哪里住不是住?

王队长开车走了,刘老蔫整理一下情绪,又装作笑呵呵地进了亭子,喊上刘志成一起去张扬的家,好换回准考证。父子俩徒步走了十多分钟,很快就到了。这里是个竣工不久的豪华小区,门口站着好几个保安,还有摄像头严密监视,进门时他俩还受到保安的盘问,幸好刘志成有张扬的手机号码,打通以后说明情况才进去的。张扬的家住在十层,两人坐上电梯,就进了张扬的富丽堂皇的家。

房门一开,张扬的母亲迎了出来,刘老蔫一看就愣住了,竟是自己的前妻兰娜!这时他才明白,为什么刘志成和张扬那么像,本来就是一对双胞胎兄弟啊。只不过两兄弟当时都小,所以现在都不记得了。兰娜也同时认出了刘老蔫,不过她脸上毫不动容,就像让陌生人一样让他进来。

刘志成没有察觉出父亲的异样,更不知道眼前的就是他的亲生妈妈,只是简简单单说明了来意,表示要换回准考证。兰娜微微一皱眉,正要说话,张扬就从卧室冲了出来:"不行,说话要算话,如果你嫌钱少,我给你加。"刘老蔫接口说:"现在不是钱的问题,我们中了奖,十万块呢,所以要自己给自己考。"张扬一听就笑了:"十万块钱还算钱吗?我爸是地产公司老板,最不缺的就是钱,我给你二十万,够了吧?"说着径直打开客厅的保险柜,里面是塞得满满当当的钞票!

兰娜慌忙关上保险柜,又把张扬推到里屋,然后对刘老蔫说:"孩子们不懂事,咱们能单独谈谈吗?"刘老蔫点点头,让刘志成先等着,然后跟随兰娜来到了一个小客厅。

在小客厅里,兰娜跷着二郎腿单刀直入:"老刘,你混得还是那么惨?当年你说我嫌贫爱富,红杏出墙,现在你也看见了,我的选择有多么正确。我老公对张扬爱得不得了,连保险柜的密码都是他的生日,还说等他读完大学,就送国外读书。再看看刘志成,连一件名牌衣服都没有,他考上又怎样?能出国吗?准考证别换了,我给你二十万,你们就能过上一阵好日子了,拿着钱快从我这里出去!"

在当年两人结婚的时候,刘老蔫就怕兰娜,是个不折不扣的"老蔫",但现在被当面数落,还是压不住火气了:"我刘老蔫是穷,但志气不穷,我孩子学习好,一定会考出好成绩给你们看看!钱我不要,我就要准考证。"说着他就把张扬的准考证递过去。但兰娜根本不接,正要说话,就听大厅里乒乒乓乓,打起来了!

原来张扬见刘志成一个人在客厅,就出来奚落他中途变卦,人穷志短。刘志成脾气本来就倔,尤其最怕听到这个穷字,立刻就反唇相讥,说地产老板赚的是昧心钱。吵着吵着,两人就动上了手。要说养尊处优的张扬还真不是刘志成的对手,但他喊来了保安,刘志成就打输了。等刘老蔫和兰娜进来拉开,张扬只是鼻青脸肿,刘志成连鼻子里都流出了血。

兰娜一看宝贝儿子受了伤,立刻打电话叫来私人医生,给张扬治疗。医生来先给张扬涂了伤药,又要给刘志成止血,不料兰娜抬手就拦住了:"你是我家的私人医生,怎么能给外人治?给他治伤,我可不付钱。除非"兰娜看了一眼刘老蔫,"你收下我的二十万。"

眼见兰娜这么翻脸无情,刘老蔫再也忍不住了,他说:"我不会收你的钱的,我就要准考证。你要是不给我准考证,我就举报,让两人都考不成!"兰娜先是一呆,立刻又笑了:"还你就还你,实话跟你说,只要出对价钱,还怕找不到好枪手?要是还考不上,干脆赞助一下读自费。不过我告诉你,现在大学四年读下来,最后还要找工作找房子,你那十万奖金,只怕还不够。"

刘老蔫一句话也不说,一把夺过兰娜手上的准考证,又把张扬的扔下,拖着鼻子还淌血的刘志成就走。

出了小区,刘老蔫带儿子正要走,后面有人追过来喊住他,竟是刚才的兰娜家的私人医生,他说:"对不起,在楼里我只能那么做,人家雇佣了我啊,不过,现在我要免费给你治疗,这是一个医生的良心!"

刘老蔫父子听了就是一暖,看来世上还是有好人啊。等到替刘志成治完伤,离下午三点开考只有半个小时了,刘老蔫慌忙把儿子送进考场。这时手机响了,是王队长打来的:"我这一报案,单位里的领导也知道了,他们跟我说,明早要是还不上这十万块钱,就要开除我,你是一个普通司机还好,我可是好不容易当上这个队长——但我家里那点钱,都被儿子折腾光了,唉,家家有本难念的经,你说我该怎么办?"

刘老蔫对着手机直发呆，过了半晌，他突然从这王队长大吼一声："你放心，明天早上十万块，一定送到！"此时此刻，他心里有了个可怕的想法，就是铤而走险！

职责良心

刘老蔫想的是，自己一旦失明，就是废人一个了，但有两件事始终放心不下。一件就是刘志成上大学的生活费，四年念完，怎么着也得八万块钱，现在有了三万，还差五万块钱，另一件是王队长的这十万公款。平心而论，王队长对自己真是不错，不能给他添这么大的麻烦。这两件事就需要十五万啊，他的眼前不由就晃起了张扬家里的保险柜，里面可是塞满了钞票啊。而且，张扬的生日自己记得清清楚楚，这就是密码。更重要的是，他家窗外没有装防盗窗！

至于该不该动手，他这样告诉自己：兰娜是刘志成的亲妈，不该出钱吗？张扬是刘志成的亲弟弟，不该出钱吗？张老板勾引自己妻子红杏出墙，让自己屈辱了十五年，难道不该付出代价？他想好了，拿钱也是为出口气，而且只拿十五万，算下来正好一年一万，绝不多拿一分钱，也不会拿自己的手术费。反正自己以后的岁月将没有光明，听天由命吧。

说干就干，下午五点他先接了考完的儿子，把他安顿在家，然后说自己晚上加班，不回来了，明天他自己去考场就行了。说完又上街买了些必要的东西，就算准备妥当。

到了晚九点，夜色完全黑下来时，刘老蔫摸进了张扬家的小区附近，来到一座在建大楼的旁边，看看四下没人，选了一处地方，放下买来的东西，是一些发烟大又没有明火的道具，拍电影经常用到，好处是不会引起火灾。他在消防队工作多年，有这方面的知识。然后他抽了支烟，定了定神，打量下四周没人，就扔掉烟头悄悄点着了那些道具。

烟气一起，他就隐在暗处大喊："着火啦，快来救火！"这一招，叫调虎离山，在张扬小区守门的保安们听到喊叫，先是打了救火电话119，然后提着水桶跑出来救火。趁这个混乱劲儿，刘老蔫就混了进去。

来到张扬家的住宅楼门前，只见楼里也有保安，这位保安警惕性相当高，并没有因为火灾而擅离值守。刘老蔫悄悄转到楼后面，找到延伸下来的排水管道，他要用多年老消防队员的绝活，就这样爬上去！

刘老蔫今年快奔四十了，虽然经常进行高楼抢险救生训练，可一口气爬到十层，还是出了一身汗。歇了口气后，他找到了张扬家的窗户，固定好自己的位置，摸出玻璃刀就要切割，忽然手机响了，他腾出手一接，是王队长打来的："老刘你在哪里？刚才有个小区着火了，赶紧开车来现场！"刘老蔫一听王队长说的小区，正是刚才自己故意发烟的小区啊，他不由回头往下看，才发现刚才为调虎离山点的烟雾，变成了熊熊大火！原来当初那些发烟道具没出事，出事的是抽完扔掉的那只烟头，没有完全掐灭，竟把附近的杂草点燃了，还引燃了旁边的那座在建大楼！

刘老蔫心头叫一声苦，想不到自己做了这么多年消防队员,最后竟然变成了纵火犯!不行,他告诉自己,我是好人啊,来张扬家拿钱是为了出口恶气,是该拿,但现在引起了火灾,这是不可饶恕的罪过!想到这里,他顺原路就爬下来了,他要去舍身救火,要弥补自己闯出的大祸,这也是一个老消防队员的职责本色!

父子真情

大约过了一个小时,在刘老蔫和他的队友齐心协力下,这场大火很快就扑灭了。烧的是一座在建大楼里的材料板,里面没有工人,所以没有人员伤亡,只是上百万的材料没了。刘老蔫看着火场呆呆地出神,忽然对王队长说:"这火是我放的,我要是不自首,良心会不安一辈子。你的钱,只好等出狱后再还了。"然后一五一十地讲了经过,不过换考的事他可没敢说。

王队长听完讲述,惊得目瞪口呆,想想自己逼得一个老实人铤而走险,也是深感内疚,他说:"公款还是我想办法还吧,以后刘志成我也会照应的。"然后,他叫来警察,把刘老蔫抓起来了。这时,刘老蔫对警察提了一个要求:"明天我儿子还要高考,能否让我跟他说几句话?到时候你们跟着我,但是别让他看出来我被抓。"警察考虑他是自首的,就答应了。

第二天早八点多,刘老蔫在考场上见到了儿子,身后不远处跟着两名警察,不过都装着另外有事,看都不朝这边看一眼。刘老鸢若无其事地拍着刘志成的肩膀说："爸爸要出差几天，你考完自行回家吧。记住，我当初给你起的名字，有志者事竟成，一定能考中！"刘志成懂事地点了点头，然后走进考场。刘老鸢看着儿子进去，就转身往警察那里走去，可刚走几步，就一阵天旋地转，晕倒在地。从昨天八点开始，就在这二十四小时里，事情一件接一件，他的精神始终高度紧张，使病情又发作了！

当刘老鸢迷迷糊糊醒来时，还以为自己会在监狱，一睁眼却发现躺在医院里，旁边是王队长守着。王队长告诉他，现在是九号上午早八点，他脑部的手术已经准备妥当，明天就能做了，单位的公款也还上了。看见刘老鸢迷惑不解，他一指旁边的病床，说："看看那是谁？因为你有个好儿子，比我那个考上大学的兔崽子强多了！"

这时刘老鸢才发现，旁边的病床上竟躺着儿子刘志成，但是头上绑着绷带，看样子伤得不轻。他猛地就要坐起来，过去看儿子，但被王队长一把按住："他只是皮肉伤，还是让他自己说吧。"刘志成转过缠着绷带的脸，努力地笑了笑："爸，没事，其实那天装公款的包在路边被抢，我在小亭子里都看见了。我知道您在演中奖的戏给我看，我就同样演了一出戏配合，就是怕您伤心啊。今天早上，咱们在考场分手后，我刚进考场，忽然透过玻璃窗，看见了那个抢包的青年正在家长人群里转来转去，估计想偷钱，我就冲出去，把他抓住了。头上虽然受了伤，不过他抢的钱都找了回来，还了公款。"

这话一说完，刘老鹉不知从哪里来的力量，腾地就坐了起来："那高考呢？参加了没有？"刘志成说："我受了伤，包扎完毕就赶不上考试了，不过我觉得值，不但追回了公款，而且这家伙是网上通缉犯，我还得了奖金，正好给您做手术。再说，换考这种事，我觉得始终是个污点，考上也不甘心。"

刘老鹉努力从病床上探过身子，抱着儿子的头，两行眼泪流了下来。儿子无疑是正确的，但是错过高考，他这一生就这样耽误了吗？这时王队长说了："老刘你该高兴才对，有个好儿子啊。事到如今我就跟你说实话吧，我那儿子大学是考上了，但是一进校门就放松了自己，不是打架斗殴就是谈恋爱，前些天就打伤了一个同学，我不得不拿出全部积蓄赔偿人家，才搞得家里经济紧张。这不，学校都下了通知书，要他退学！你说，这大学念得憋气不？还是你儿子好，就是考不上，这份孝心，这份正直也比我家那个强多了。"

刘老鹉看看儿子，心底里生出无比的疼爱。这时又听王队长接着说：好事还多着呢，刘志成这情况上级领导也知道了，说不追究换考的事情，让他补习一年再考。以他的实力，成绩一定会更好。而且，你点着的在建工程大楼你猜是谁盖的，就是张扬的爸爸张老板啊，他听说原委后，说不再追究你的责任，你又是无心之失，又是自首，肯定会轻判。"

这一刻，刘老鹉忽然觉得，天空是那么明亮。他不由再次流下眼泪，不过这一次，是喜极而泣。

疯狂的楼倒倒

大楼倒了

四川某市，郊区改造。今天是牛老板神经最紧张的日子，他负责建造的，高达三十层的大楼终于竣工，现在该验收了。政府方面派出验收组，领队的是方局长。牛老板围着方局长跑前跑后，显得格外殷勤，因为他知道方局长的分量，只要方局长在验收表上签个字，那么就能收到工程款，这多半年的苦干就有了回报了。反过来说，人家要是挑出了毛病，今儿个整改明儿个维修，麻烦就大了。

他带着方局长他们上了楼，一层一层看过去，看得众人频频点头。来的都是专家，大家都认为，这楼盖得不错，符合标准，只有方局长眉头紧皱，牛老板就嘀咕上了，是不是哪里看出了不妥？这时候方局长一点手，叫过他来低低说："洗手间在哪里？我方便一下。"牛老板长出一口气，慌忙带方局长下了地下室,大楼只有那里的厕所是开通的。方局长小解完毕,两人这才又上来。

不料想两人刚出地下室,就被一条五大三粗的汉子挡住了:"牛老板,你再不发我们的工资,信不信工人都来搅黄你的验收?"牛老板一迭声回答:"我信,我喊你祖宗行不行?但是我没钱啊,就这个大楼的完工,还是靠我老婆阿梅的私房钱垫付的。等收到工程款,再付给大家行不行?"

来的是包工头老周,他带着本村二十多个人来给牛老板盖楼,楼也盖完了,大年也快来了,想不到牛老板欠起了工资,你说老周能不急吗?就这几天,大家连饭都吃不上了,还是他到鞭炮厂找零活儿干,才暂时安顿下来。老周越想越气,脑门上青筋蹦多高:"牛老板,当着方局长的面,我告诉你,逼急了兔子还咬人呢。"

这时候方局长说话了:"牛老板,工程款一时半会儿下不来,眼看就要过大年,我看你还是想办法先把工资结了。"方局长说话,牛老板不敢不听,不过从哪里筹钱呢?他想起铁哥们马老板来了。马老板是开厂子的,前些日子借了他五十万块钱。因为他知道老马的厂子也不景气,所以不好意思要。现在事到临头,只好勉为其难了。

牛老板打起了电话:"老马,请你无论如何在今天还我五十万,没这个钱,兄弟我只有跳楼了。"马老板那边显得非常豪爽:"牛哥没问题,你说是打卡还是现金?""当然是打卡,一小时之内办妥。我把卡号用短信发给你。"

挂了电话,牛老板就开始发短信,发完短信,他对老

我的美丽妈妈

周说:"等一个小时就发工资,你带大家来领吧。"老周半信半疑地走了,牛老板继续带方局长等人四处查验,这一查验,又是一个多小时。好不容易查完,牛老板想起马老板的款子来了,他低头看手机,看看有没有短信通知到账,这一看才知道手机早没电了,他就叫老婆阿梅拿着卡去楼门口的银行查询,钱到账的话立刻发工资。阿梅小嘴一噘,一副不乐意的样子走了。

这时,牛老板就要安排验收组吃饭了,招呼大家一起去酒楼。没想到眼看要出大楼,他又被方局长叫住了,方局长低声对他说:"咱们再去趟地下室,我还得解个小手。"老牛听了心里咯噔一声,哪有一个小时就解两回手的?不由得他就想到潜规则上了,人家这意思,是在签字前想要个大红包啊。不过事到临头,不出血也不行了。

等方局长一进厕所,他就想给老婆阿梅打电话,让她别把五十万都发了工资,赶紧拿一部分钱来,好"进贡"一下。可是拿出手机,才想起手机没电了。这才叫欲哭无泪,山寨手机害死人啊。其实牛老板也真是没钱了,不然手机也不至于用一个山寨的。为盖这座楼,他确实动用了老婆阿梅的私产。要知道阿梅比牛老板足足小了十二岁,当初就是牛老板送车送房子才跟了他的,当时说好的,要回马老板的欠款,立刻给阿梅补上,所以刚才阿梅一听要给大家先发工资,差点就跟他翻脸。

看看方局长还没出来,牛老板想着自己赶紧上去,借别人手机打一下。当他急急忙忙上了地下室的楼梯,没等上去呢，上面先下来一条汉子，正是老周："姓牛的，你老婆说了，卡里根本没钱到账，忽悠我不是？我今儿个跟你拼了！"说着一撩衣襟，有意无意露出里面兜里的一捆东西，啥呀？牛老板眼睛近视，只看见都是手指粗细的，土黄色的小棍绑在一起，上面还有火捻。他还没弄明白呢，刚从厕所出来的方局长明白了："老周你不能蛮干，你家里还有老婆孩子——"

老周明显愣了一下，看看手里的东西，正要说话，忽然间，三个人同时听到一阵轰鸣，然后地面像开了锅一样发出震颤。三个人在震颤中都昏了过去。

新竣工的大楼倒了！

一箱钞票

首先醒过来的是牛老板，他四处看看，电灯都灭了，漆黑一团，看来是被关在地下室了。难道是老周手上的雷管爆炸了？自己又没受伤，看样子不像。这时旁边亮起手机的亮光，是方局长亮的。他倒还镇定，对着牛老板说话不温不火："估计是楼倒了，老牛，你这楼盖得有水平啊，刚才我们愣是没看出问题，现在出了楼倒倒，看你出去怎么解释。"

牛老板这个委屈："方局长，我对着老天爷发誓，我可没有偷工减料。要不，您问问老周？他可是直接参与建造的一线工人。"这话一说，角落里响起老周的声音："这个嘛，在我手上是没发现什么违规操作，不过也难说，这么大的工程，我也都看不全不是？"

牛老板定定神，想起一件事来："建筑材料是我老婆阿梅负责的，她跟了我，说白了就是为了钱，多半就是她见钱眼开，进了假冒伪劣材料，这下可坑苦我了。"老周笑笑："这也不能怪她吧，你大她那么多岁，她不图钱图什么？"牛老板冲上去就要打老周，被方局长拦住了："有什么事出去再说。"

牛老板起身朝地下室的门走，没想到老周一下子挡住了他，摸着口袋说："先把我的工钱结了，不然大家都别出去！"牛老板苦笑："我现在哪里给你找钱去？有个手机还是山寨的，要不你拿去。""牛老板，你打电话问一问吧，这钱怎么没到账？"说着一使眼色。牛老板多聪明啊，立刻明白过来，老周手里有雷管呢。他拿过来假装打给马老板，偷偷打给了110，这一拨又放下了，敢情没信号！

老周拿出自己的手机瞅了一眼，也看见没信号，就彻底放了心。他在地下室门口的台阶一坐，看样子是准备不见兔子不撒鹰。方局长清清嗓子，决心对他来个心理攻势："老周啊，你这样走极端不好，出去后我以个人名誉保证付你工资好不好？牛老板身上的确没钱。"没想到老周嘿嘿一笑："你们唬谁呢，方局长你一小时进两回厕所为了什么？我老周也见过几回世面，是不是想潜规则一下？我敢断定，这地下室，一定藏着钱！"

方局长脸上一阵红一阵白，好半天才说："我身上有病，一个多小时就要小解一回。"老周一扭脸，根本不信。

不过方局长很快用行动证实了,一皱眉,又奔厕所去了。这个厕所有三个蹲位,第一回方局长进的是左边的,这一回进的是中间的,可刚刚进去,方局长就喊起来:"这里有个皮箱!里面全是钞票,五十万呐,我这回明白了,牛老板想在这里贿赂我,难怪会出现楼倒倒!"

牛老板听得差点没趴下:"这钱不是我的啊,这下我是跳进黄河也洗不清了!"

一袋白粉

方局长提着皮箱出来,推给牛老板。牛老板借着对方手机微光看,果然是一万一叠,五十叠。牛老板慌忙解释:"这钱不是我的,我也不知道是怎么回事,大楼刚竣工,里面也没啥值钱的,所以看守不严,说不定是别人放这里的。"他还要继续说话,就见方局长冲老周一努嘴,他这才明白过来。门口还有个拿雷管的瘟神呢,先过了这一关再解释钱不迟。想到这里,他就合上皮箱给老周递过去了:"你们的工资还不到五十万吧,都拿着,回头找给我。

老周这个乐,就要接皮箱:"我先点点,别缺个一两张的,回头不好跟大家交代。"就在这时,忽然从厕所右边蹲位出来一个人,一把就抢去了皮箱:"这钱是我的,你们都不能动!"

事出突然,在场的三个人都吓了一跳。定定神,才看出是个小个子年轻人,留着板寸头。板寸头嘻嘻一笑:"本来

我的美丽妈妈

我是想上银行存钱的,一时内急就来这里上厕所。等我提着皮箱进了中间蹲位,完事后发现没手纸,就留下皮箱去右边蹲位找,结果不凑巧,楼倒了,我也晕了。这不,我才刚刚醒来,就见你们拿走了我的钱。"

牛老板听完摊摊手:"有这个小兄弟证明最好,这钱真不是我的,我身上真没钱。"老周看看牛老板,嘀咕一声:"看样子今天倒霉透了,不过牛老板你更倒霉,先出去再说。"说着他就走上台阶,打开地下室向上的门。但门一开他就愣了:外面是无数块大大小小的水泥块!唯一的好处是,四围有空隙,地下室的人不至于窒息。

老周颓然倒地:"人出不去,手机打不通,只有等外面救援了。"方局长安慰大家:"三十层高的大楼,废墟也没多大,有个两三天的时间,警察怎么也能挖到咱们了吧。"一听警察两字,板寸头撒腿就往出口跑:"我等不及了,我刚发了笔小财,要出去享受!"说着左手提着皮箱,右手就去抠那些水泥块。老周刚喊了声:"危险!"就见本来是卡在门口的水泥块,因为失去平衡就倾泻而下,砸在板寸头左胳膊上。板寸头惨叫声未落,已被老周一把抱住滚下台阶。好在有一块更大的水泥块堵在了地下室门口,水泥块暂时不再往里面掉了。

板寸头捂着胳膊叫起来,牛老板懂点医术,知道是骨折了,就帮他正了骨,又找条带子绑扎起来。板寸头千恩万谢:"谢谢老大,等出去我一定知恩图报。"听着他满口江湖腔,方局长就是一皱眉,忽然问:"你刚才说发了笔小财是怎么回事?这钱真是你的?"板寸头信誓旦旦:"没错,是我的,这里面是五十万,我倒腾服装赚的。"方局长没说话,慢慢翻着那些钞票,忽然把箱子推给他看:"这一小袋白粉,也是你的?"板寸头一看就傻眼了,箱子里钞票下面,有一个小小的塑料袋,里面都是白色粉末。这东西和五十万现金放一起,不用问也是海洛因啊。"这是我的,不,不是我的。"贩毒的罪有多大,他是一清二楚啊,所以再也不敢捡便宜了:"三位老大,其实我是个小偷!"

四封遗书

板寸头的交代是这样的:"我叫星仔,因为女朋友大手大脚,就干了这一行。今天,我在银行看见一个戴墨镜的男人取了五十万现金,装在皮箱里带走,我就偷偷跟上了。这个人是步行进这座楼的,进了楼直接下了地下室,蹲在中间的蹲位解决问题。我就蹲在右边了。过了几分钟,那个人忽然跌跌撞撞出了厕所,空着手往楼上走了。等他的脚步声远去,我就想出来拿走皮箱,可是你们三位就到了。我想等你们走了的时候去拿,但是楼就塌了,我也晕了。等我醒来,就见你们要把箱子里的钱发工资。"

看来这钱不干净啊。老周教育星仔:"挣钱要对得起良心,我老周埋头苦干了一辈子,虽然没发什么财,不过心底里坦坦荡荡。"这话一说,牛老板不乐意了:"老周,你拿雷管来威胁我,这也对得起良心吗?""雷管?什么雷管?"老周

我的美丽妈妈

一脸纳闷。这时旁边的星仔叫起来:"有雷管就能炸开水泥块,我们有救了!"老周这才明白过来:"原来你们当我兜里的东西是雷管?我一直在鞭炮厂打工解决吃饭问题,现在听牛老板说要开工资,我一高兴就拿点半成品鞭炮过来,想着拿到工资就放几个贺贺喜,不成想你们误会了。"

方局长紧绷着的神经也放松了:"真是一场大误会。如果真是雷管,老周你可触犯刑法了。"他又看一眼星仔:"你如果偷拿人家五十万,罪也小不了。"星仔还是嬉皮笑脸:"这钱是贩毒组织的,我主动上交了,该是立了功才对,等出去你们要给我发奖金。"

一说到出去,大家都沉默了。星仔看看手机:"从倒塌到现在,有一天多了,怎么外边一点动静都没有?再往后喝水都是问题,我看见电影里,人们都是喝自己的尿。"方局长有些苦涩地笑笑:"我倒是真想痛快地尿上一回,可是连这个愿望都达不到。大家养精蓄锐先睡一觉,不过都睡不安全,老周你来值第一班,隔三岔五响个鞭炮,为救援队指个方向。"

商议已定,三个人关掉手机,就睡过去了,剩下老周一个人值班。不知睡了多久,牛老板先醒了,只觉得嗓子眼里火烧火燎,渴得厉害,一抬头,见老周用个帽壳捧水给他:"牛老板你先喝点水,咱们这一回生死与共,以后就是兄弟。"牛老板忽然想起星仔的话:"这个是尿吗?"老周笑得上气不接下气:"这里有厕所啊,哪还能缺了水?我把自来水管拧开了,干净着呢。"说着举了举手,只见五个指头血乎乎的,因为没扳手,竟然是他用手指拧开的。牛老板也有些感动,拍着他的肩膀说:"放心,出去我立刻结你的工资。"可刚说完,又想起楼都倒了,不负刑事责任就不错了,不由又郁闷起来。

这时另两个人都醒了,老周让他们喝了水。有水下了肚,饿劲又上来了,个个头晕眼花。但是地下室空空如也,哪有吃的,星仔想来想去,把那包白粉拿出来了:"我听说这东西又止渴又止饿,大家少来点,一定能扛过去。"方局长立刻反对:"这是毒品,一旦上瘾就会丧失人性,而且,量一大就会致命。"星仔不管不顾了:"你们吃不吃我不管,但我胳膊骨折,需要这东西镇痛。"说着就学电视里演的挑出一点,用舌尖尝了尝。这一尝就叫起来:"怎么一股奶粉味?"大家都不理他。

也许是白粉起了作用,星仔来了精神:"现在很难说我们还能出去,要不我们写遗嘱吧。除了牛老板,大家都有手机,就打在手机的草稿箱里,等人们挖出咱们来,就能看见了。"边说边哽咽起来。

这话说得牛老板和老周也心酸起来,反倒是方局长看淡生死:"立遗嘱是对的,以防万一嘛,不过大家不要因此失去生存的希望。"说着就率先打起字来。边打还边说:"这两年,我一直撒尿尿不净,一天跑十几趟厕所,去医院检查后,家人告诉我说,是肾结石。可我不相信,自己一个人去做了检查,才知道是绝症。绝症就绝症吧,我反倒一无所惧,在局长这个位置上,我没收受别人的一个红包,不奉行潜规则的一套。老牛老周,你们都误会我了,我的遗书就是:我没有任何不明财产,我这个官问心无愧!"

然后是老周,他也边打边说:"不瞒几位,鞭炮厂的老板也在欠我们的工资,大家都想如果到年根儿底还拿不上,就抢了他的鞭炮回家过年。我要告诉跟我出来的人,不是所有老板都是黑心肠,现在经济不景气,多体谅一下,共渡难关吧。"

再往后就是星仔了,他手指不停地动,却不肯念出来。打完了,看看牛老板,发现他因为手机没电,正到处找纸呢。星仔就把自己手机给了牛老板:"用我的吧,你刚才替我接了骨,是个好人。"牛老板接过来,也是边打边说:"我这人忙于事业,快四十才找了比我小很多的阿梅。我不管死没死,破产是一定的,她一定会改嫁。我的遗言就是:钱不是万能的,千万别干偷工减料的缺德事,找个靠得住的男人,比有钱的男人好。"

牛老板打完,看见星仔的遗言了,一时好奇就念起来,发现是写给星仔女朋友的:"亲爱的,我永远爱着你。为防你大手大脚一次花完,我把一部分收入所得,藏在隐秘地方了,你找出来吧,地方分别在——"星仔慌忙抢过来:"别念!"这一抢不要紧,他碰了手机发送键,然后看到短信发送成功!

几乎同时,地下室门口的水泥块被掀开拳头大一个洞,同时传来人声:"里面有人吗?"

疯狂到底

地下室的门被彻底挖开了，星仔第一个蹿出去："我得赶紧阻止我女朋友，不然这点钱被她找出来，就别想买房了。"第二个是老周，提着皮箱爬出去后，向下伸出了手："牛老板，以前我不知道你的苦处，求你原谅我。"牛老板点头示意，但他先把方局长推上去："你先上吧，你让我知道，潜规则不是到哪里都行得通的。"

方局长出来时，迎接他的是等待已久的家人和一名医生。医生说："方局长对不起了，给您的诊断书拿错了，您就是普通的肾结石。您常喝的那个牌子，报纸上曝出有三聚氰胺，所以——"方局长还真是看淡生死："那就再活几年，治治这个三聚氰胺。还有，牛老板这些私人企业不容易，我得说服银行支援一下。"

当牛老板最后出来时，他看见了哭得眼睛红肿的阿梅："怎么？你还在等着我？"阿梅扑在他怀里放声痛哭："你以为我只看上了你的钱吗？既然嫁给了你，我就要等你一辈子。"牛老板心里就是一热，但马上又变了脸："这楼倒了是怎么回事？你是不是做了手脚？"阿梅没说话，把一张报纸塞给了他。报纸上登着："2008年5月12日的大地震产生余震，导致处于疏松地段的郊区改造项目倒塌。所幸该处尚无居民正式入住，损失很小。"

牛老板放眼望去，才看见不光自己的楼倒了，同一地段的

我的美丽妈妈

十几幢楼都倒了。到处都有救灾的警察出没,因为三年前的那场大灾难,早把人们锻炼出来了,所以大家都是有条不紊。

这时一个戴墨镜的人握住了牛老板的手:"老牛不好了,我带着五十万现金拿到楼里想找你,一时内急就进了厕所,可是蹲得急了点,心脏病又犯了,没顾上拿箱子就出去到我的车上拿速效救心丸,可是一回头,楼就倒了。"话刚说完,老周拎着箱子就出现了:"马老板,原来这钱是你的,我说数目正好呢。"牛老板问:"我不是让你打卡吗?怎么带现金?"马老板一脸苦相:"我刚接到你的短信,就又接了三个短信,都说什么'我的账号变了,请把钱打入以下账号,谢谢。'我整个都弄懵了,想打你手机再问问,你又关机,只好自己跑一趟。"他又看一眼老周:"你不给我在鞭炮厂干活,干啥跑到这里?跟你一块来的人说不开工资就要分鞭炮,可是我一还牛老板的账,哪还有钱啊。"

牛老板看着他直叹气:"老马,你解我为难我感激你,可就是再困难也不能贩毒啊——"这声音也大点,老马正摸不着头脑呢,边上有两个救灾的警察听见了,立刻一左一右把他抓住了:"说,毒品在哪里?"牛老板从提箱里拿出那包粉末,给了警察。老马这个冤啊:"那是奶粉。我本打算买点奶粉发给工人,以补工资不能按时发放的愧,报纸上又爆三聚氰胺,我怕吃坏工人,就想拿点样品找朋友化验,谁知道——"两位警察一尝,还真是奶粉,这才松了手。一旁老周看见了,就说:"两位老板放心,通过这些天的相处,我也体会到了你们的难处,我会说服他们,和你们共同渡过难关的。"

　　牛老板感慨，这两天到处是误会，不过人心是好的，所以到最后才迎来了个好结果。一抬头，看见星仔了，他正和一个姑娘嘀嘀咕咕，估计就是他女朋友。牛老板过去，想让他到自己这里上班，就别偷东西了，他先解释一下奶粉的事："那个箱子找到主人了，你看，戴墨镜的就是。"星仔一听撒腿就跑："我只吃了一点，黑社会好汉千万别找我麻烦。"牛老板这个乐，连忙在后面追，告诉他其实就是奶粉。

　　星仔这才放慢了脚步。可他一看远处的警察，又跑起来："我把藏钱的地方都发给了女朋友的手机，可她的手机是我偷的赃物，又被警察没收了。我得赶在他们之前取出来——"

探访落洞女

三条规矩

罗青恋上江之莱,遭到了她父母的一致反对。江之莱是湘西山村来的大学生,哪配得上大都市的娇娇女罗青?但罗青偏偏就迷上了神秘的湘西,那优美动人的传说,那诡异难名的巫术,都让正跟着导师研究民俗文化的罗青激动不已。

罗青最感兴趣的是湘西三大奇事:赶尸、下蛊、落洞女,常常缠着江之莱讲个不停。出生于湘西江家寨的江之莱自然是知无不言,但对落洞女一事却常常语焉不详。罗青只好自己查资料,发现了这么一段话:落洞女,传言湘西未婚女子偶过洞口或井口,误坠其中,得遇洞神或井神青睐,数日乃归。但归来不饮不食,不久即殁。

罗青兴冲冲地拿着资料找江之莱,让他讲讲内里的玄机。江之莱见躲不过,只得说了一句:"这种事情是知道一些，但我实在不愿意讲，因为我的幺姨就是落洞女。"罗青面露惊讶："原来真有这事啊，你幺姨年纪轻轻就死了吗？"罗青摇了摇头："幺姨今年三十八岁了，没有死，现在跟我妈在一起生活。"罗青大感兴趣，这是活生生的民俗案例啊，她现在正准备写篇民俗论文，便要求江之莱在大学暑假里，带她回湘西江家寨探访幺姨。

江之莱面露难色，考虑了好久，才对罗青说："我们江家寨井多洞多，历史传说中，出过十多位落洞女，所以到我们寨子里的未婚姑娘都要遵守三条规矩，不然也成了落洞女就麻烦了。"罗青连连点头："别说是三条，三十条我也遵守。"

这三条规矩，都跟落洞女传说有关，分别是洗澡、窥井、钻云洞。第一条洗澡是，未婚女子不可以洗澡，直到结婚那天才可以洗一次。据说神仙喜欢干净，看不上污秽的女子。第二条窥井，指夜晚不可以窥探井口，以免被井神相中。第三条钻云洞，是说寨子里最大的山洞叫云洞，常年云遮雾绕，江之莱的幺姨就是误钻云洞才变成了落洞女，从此云洞成为禁地，未婚女子万万不能靠近。

听完三条规矩，罗青调皮地耸耸肩膀，说："没问题，我这就收拾衣物去。"在她看来，这三条规矩只要注意一下就行了，哪会违反呢？却没有想到，才去江家寨头一天，就破了第一条——

我的美丽妈妈

洗　澡

　　湘西的景色是出名的秀丽，一路上罗青都赞不绝口。当她跟江之莱下了汽车，步行登上江家寨所在的山岗时，周围景色登时黯淡下来。树还是那些树，庄稼还是那些庄稼，但都显得懒洋洋的，仿佛毫无生机。罗青看见奇怪，就问江之莱。江之莱看了眼四外，说："这里是山区，有句话叫十里不同天，我们这里雨季比别处来得晚，所以庄稼都有点旱。"

　　罗青点头，不过好奇的她走不远又提出新问题："你看每隔一段路，田里就有一所小石屋，却门窗紧锁，好像从没有住过人，这会不会跟赶尸有关？比如说，是供他们夜晚歇息的所在？"江之莱边听边笑，末了回应："不愧是学民俗的，猜对了，有奖。""奖什么？"罗青反问，却没有得到江之莱的回答，她扭头看时，却发现对方呆呆地看着石屋出神。

　　眼看着接近江家寨，江之莱向罗青讲了幺姨的事。发生这事的时候，他年纪还小，是断断续续听母亲说的。原来幺姨是江之莱母亲最小的妹妹，十九岁那年炎夏，天气是出奇的热，一向不信邪的幺姨进了云洞纳凉，谁知此后就失踪了好几天。等她从洞里出来，竟然容光焕发，整天笑呵呵的，谁问她洞里的事她也不说。这时就有上岁数的，疑心她成了落洞女。果然一个月后，幺姨变得神情恍惚起来，不饮不食，老是要往云洞里跑。江母看着不忍心，把她从云洞拖回家里，又打针又输液，才渐渐好起来，慢慢能做一点简单的

217

活计。这一拖居然拖过了十多年,但是神志始终时好时坏。这时村里又有了新的说法,说落洞女被神相中,或迟或早也会被接走,除非,落洞女能把另一个未婚女子做替代才能摆脱,这时她就成了神媒。传言一起,全村的男女见了幺姨都要绕着走了。

江之莱的父亲早逝,家里只有江母和幺姨两个人。院子很干净,称得上寸草不生,中间一口硕大的水井,西边角落里,是一座养着猪的猪圈。紧挨着猪圈的西厢房,就是幺姨的住室。

在江之莱带领下,罗青见到了幺姨。在她想象里,神志有问题的幺姨一定蓬头垢面,苍老憔悴,谁知探过玻璃窗一望,才知道幺姨打扮得油头粉面,还插着一朵山花。此时她正蹲坐在炕沿上,低着头摆弄一个牛骨骰子,嘴里同时哼着听不懂的湘西调。

罗青在窗外喊了声:"幺姨你好!"

幺姨抬起头,露出迷茫的眼神,嘴里喃喃说着:"你会游泳吗?"什么?罗青皱了下眉,刚要答话,江之莱慌忙过来拉她:"她跟你说话千万别答腔,当心把你做替代!"

面对罗青这位城市来的儿子女友,江母自然不敢怠慢,做了很丰盛的晚饭。吃饭的人是江母,江之莱,罗青。幺姨并没有出来,罗青觉得幺姨可怜,就拣好饭好菜堆满一碗,要送进西厢房。江之莱在后面又提醒她:"她说话你千万别答腔。"罗青点头。

此时幺姨已收起了骰子,在数着一堆小红豆。一、二、三……一直到二十一。罗青搁下饭碗,幺姨忽然抬头,音

我的美丽妈妈

调缥缈地问:"你会游泳吗?"罗青见江之莱不在身边,忽然起了好奇的心,她才不相信什么落洞女呢,就应了句:"会。"说完转身就走,却完全没有感觉到,身后幺姨的眼睛里闪出喜悦的光芒来,那是等待了十九年的喜悦。

湘西的八月,是一年中最热的月份。罗青独自睡在东厢房里,觉得身上的汗水层出不穷,要不停翻身,才能保证自己不被炙热的床铺烤熟。她不由怀念起那些有空调的夜晚来,即使没有空调,就是能洗个澡也好啊。可是想到那个规矩,只好强迫自己打消念头。这时,幺姨的房里忽然响起了湘西小调,歌声缠绵勾人,就像在对情人诉说一样。不知不觉的,罗青出了房,想去幺姨房里探看一下,这一看,她竟发现院子里不知什么时候,放了个大木盆,盆子里的清水反射着诱惑的光芒,好像在向罗青招手。

罗青一向认为,所谓民俗禁忌不过是以讹传讹,故弄玄虚。这时哪管什么规矩不规矩,当下把木盆拖到房间里,灭了灯,关上房门,洗了个痛快。洗着洗着,她听见幺姨的歌声渐渐大了,像是朝这边飘过来。一抬头,她就看见幺姨的脸贴在玻璃窗朝房里看。此时月色蒙眬,罗青隐隐看见幺姨那被玻璃压扁的脸,颜色惨白,竟像死去多年的尸体。

大叫一声,罗青慌忙穿衣。等她穿好,幺姨已飘忽远去。罗青隔着玻璃朝外望,只见一条黑影飘飘忽忽,飘到了院子中央的井台上,不见了。罗青吓了一跳,难道说幺姨跳井了?她开门冲到井台上,朝下望去,只见井中黑咕隆咚,不能见物,只有叮叮的滴水声,还有奇怪的嗡嗡声,就像有无数蜜蜂在井底飞舞。

这时,江之莱拉亮电灯,从房里出来了,他见罗青站在井台上,不由大惊失色:"你,你忘了我说的规矩了?"罗青这才省悟,不知不觉间,她又破了第二条规矩——

窥 井

罗青顾不上争辩,慌忙说:"幺姨跳井了,我刚才看见,她来到这里就不见了。"江之莱阴着脸说:"她是落洞女,已经不同于普通人类,就是掉在井里也死不了的。"说完就把罗青往东厢房里送。罗青怕他发现洗澡的木盆,把他堵在了门外,让他先回去。江之莱没坚持,只是说:"明天天亮我送你回去吧,再住下去,我真的怕你遇上什么邪事。"

罗青没有答话,进屋闭门。当她回身时候,却又发现一件怪异的事,洗澡的木盆不见了!她清楚记得,出门时候,木盆还在屋子中央的,后来出门不到一分钟,这一分钟里,也没见什么人进自己房里啊。联想到幺姨跳井,又一个疑问升上心头,那就是,她没有听到水响。难道说身为落洞女的幺姨,已经不能算活人?照这样推测的话,难道说当自己答了她的话后,她就千方百计地让自己破坏规矩,先是引诱洗澡,然后又故意让自己半夜里窥井,以便使自己成为落洞女,她才能逃脱?如若不然怎能解释这些奇怪的事?

即使罗青再胆大,面对这些诡异的事也是心头忐忑,无法入眠。恍惚中,她看见幺姨从井中升起来,打扮却变了,变成了戏台上媒婆的样子,用硕大的烟斗指着她说:"恭喜姑娘,你被神仙看中,成为新的落洞女!"接着便是一个魁梧大汉,强来牵她的手。她慌忙躲避,却怎么也躲不开,正自焦急,忽然醒了,原来刚才只是做了个梦。

天已经大亮,江之莱喊罗青吃早饭,吃完饭就要送她下山回城。罗青心有余悸,暗想如果井神真的看上自己,怕是回城也逃不掉吧。才吃几口,就见一个人从西厢房里出来,到厨房盛饭,正是幺姨。还是那身打扮,还是神色空茫,哪有半点落过井的迹象。罗青看得目瞪口呆,她落井都不死,难道这就是落洞女的某种神通?这样按梦中说来,她就是神媒了,那自己会不会逃不过成为新落洞女的命运?

江之莱和江母两人却是见怪不怪,江母吆喝一声:"幺妹子,吃完饭该喂猪了。"幺姨行尸走肉般回了屋,不多时端出一盆泔水来,向猪圈走去。罗青看得明白,泔水里漂着一缕金黄的头发,跟自己刚染的头发色泽一模一样。她觉得奇怪,正要询问,却见幺姨路过井台时,伸指一挑,正好把头发挑进井里。

罗青心头一闪,忽然想起关于湘西下蛊的传说来。说是高明的下蛊者,只凭对方一根头发,就能达到谋杀的目的。她把自己头发挑进井里是什么意思?难道说这也是一种蛊术吗?想到这里,她疾步跑向井台,向井里一望。此时阳光正烈,井里的一个庞然大物尽收眼底,连串的疑问在罗青内心豁然揭开,原来如此!

江之莱吓了一跳,忙去拉罗青离开井台,罗青却风一样掠回东厢房。江之莱跟着进去，只见罗青到处敲敲，最后一推一幅大年画，应手而开，露出一个后门来。她这才在炕头坐下，微笑着招呼江之莱："你说的三大规矩，说是跟落洞女有关，其实照我观察，真正原因是村里极度缺水，对不对？要不是我无心中破了两个规矩，洗了澡，窥了井，说不定还真发现不了。"

江之莱颓然坐下："在学校时，你跟我说你爱湘西的美丽，爱我家乡的种种神秘传闻，才跟我相恋的，所以我生怕你知道我们这里缺水，根本就没有什么风景可言，才用神秘传闻来掩饰。但你是怎么发觉真相的？"

罗青露出一脸的嗔怪："我爱的是你啊，怎会为这一点事情就不理你？至于真相，因为我看到井里的东西，是一台大功率水泵。水泵管子深入地底，再联想到晚上听到的嗡嗡声，还有滴水声，你家吃水明显是从这里而来。幺姨晚上到这里失踪，是因为她踩着井壁小坑下去的，她下去就是为了接水。想必她每天都要下井接水，习惯了吧，否则仅靠月光下井，真要好眼力才行。这样一来，泔水里的头发也可以解释了，由于头天准备喂猪的水被我洗了澡，幺姨连夜接水也是不够，只好用洗澡水喂猪了，这也是不许女子洗澡的真实由来吧。这样一来，木盆的失踪，就是最后一个谜了，看来我运气不错，找到了后门，不用说，是你母亲来搬走的。"

江之莱黯然点头："我们这里十多年前，还是山清水秀的，可是那一年，地下水忽然就少了，井里用水泵抽上来的水，仅仅够一家人吃用，连庄稼也无法灌溉，只能靠雨水存活。这个穷山恶水实在没有什么好研究的,你还是回城吧。"罗青把头一梗:"不,落洞女的秘密还没有完全揭开,我不会走的,告诉我,那个云洞在哪里?这个禁忌也是人为的吧?"

"不,这是真正的禁忌,幺姨是千真万确进了云洞,才成了那样子的,无论如何你都不能去钻云洞!"江之莱声色俱厉,吓得罗青一吐舌头,说:"好吧,那我不问这件事了,再住一天就回去。"内心却不以为然。

上午十点多钟,罗青走在江家寨的石板路上。江之莱没有跟来,他去庄稼地干活了,这正合罗青的意思,她要独自揭开云洞的秘密。她边走边打听云洞在哪里,寨子里的人却个个面露惊恐,说你一个大姑娘打听这个做什么?无论如何也不肯讲。

正在焦急,一个戴斗笠的女子走过来,她一来旁人就都躲瘟疫似的散了。女子就是幺姨,幺姨直勾勾地看着罗青:"你真会游泳吗?"罗青点头。幺姨转身奔后山走,右手紧紧攥着拳,内里像是有一样东西,罗青在后面跟随,她知道要找到云洞,这是唯一机会,全然忘了江之莱的警告,最后一个规矩绝不是人为,那是真正的禁忌,千万不可——

钻云洞

云洞在寨子后山的一处隐秘地点,看上去跟一般的洞没有什么区别,洞口的确有云雾飘出,不过身为大学生的罗青知道，这是由于温差跟水分的关系，属于自然现象。洞底很平坦，幺姨在里面越走越快，像是很兴奋，完全没有了平时行尸走肉的感觉。罗青在后面打着手电，要小跑才能跟得上。

十几分钟后，云洞就被走穿了。两人出了洞，只见眼前天光明亮，竟是一处光可鉴人的水潭。水潭另一面，绿得沁人的树丛中，一座座小楼掩映其间，恍如神仙府第。这里就是洞神的所在吗？罗青刚要问幺姨，却被幺姨一把推入水潭！

罗青的确会游泳，但她会的是狗刨啊。她只能在水里不住扑腾，勉强使自己不致下沉。正在危急，一艘汽艇从树荫里开出来，两名保安模样的人张开一张大网，把罗青捞了上来。不等罗青缓过劲来，劈头就是一顿训斥："这是私家别墅区，要自杀另找地方！"

就在这时，洞口的幺姨喊了起来："周，周威在哪里？我是，是江蓝，我要送东西给他。"幺姨多年少言寡语，所以说得很不利索。两名保安一听，便将汽艇靠近了幺姨："周威是我们老板，你送什么东西由我们转交吧。"幺姨脸上升起了两朵红晕："我们第一次的时候，他送给我一枚骰子作留念，我就按我们湘西人家的规矩做了加工，这么多年我一直想让他看，可是家里人不让我出门，再说我也不会游泳，过不来水潭，直到遇上了这位会游泳的姑娘。"

说着，幺姨把始终攥着的右手张开，露出一枚牛骨骰子。这骰子的二十一个坑里，分别嵌着二十一枚红豆。罗青久研民俗，不由恍然大悟，想起了那首著名的唐诗：红豆生南国，春来发几枝，愿君多采撷，此物最相思。红豆又名相思子,嵌入骨骸有个说法,叫做刻骨相思,是过去痴情女子向情郎示爱的道具。难怪幺姨在房里老是摆弄这红豆,原来就是制作这个东西。

一个保安接过骰子,另一个打起了手机。谁知刚打完,就抓起骰子扔到了水里:"我们周老板说不认识你,你哪来哪去。"幺姨惊呼一声,扑下水就去捞骰子,但她不会游泳,登时在水里挣扎起来。罗青看着危急,慌忙下水去救,可她的水性实在不行,两人都开始往下沉。保安见要出人命,正要搭救,却又接了个电话,接完就驾艇径直走了。电话是一个站在远处小楼上的一个中年人打的,他通过高倍望远镜看到了这一切。

千钧一发之际,江之莱及时赶到,跳下小潭,把罗青救了上来。按说小潭并不大,但是却始终没有找到幺姨。他是发现幺姨同罗青一起不见,就猜到一定是钻进了云洞,才匆匆赶来的。罗青很快醒过来,一醒来就问江之莱:"幺姨并不是被什么洞神所迷,是被这周威迷惑,对不对?"

江之莱望着沉沉潭水发怔,老半天才说:"幺姨十九岁穿过云洞,遇见的是一片修造私家别墅的建筑工地。那时候的周威是风流倜傥的富家公子,见了青春的幺姨竟起了坏心,于是始乱终弃,临别只给了个她平时赌博用的一颗骰子。若只这样也就算了,但他利用幺姨的年少无知,骗她说动村民,在水源协议上签字。协议是,由罗威独占三支地下水的一支,修建别墅区的人工湖,每年由他给村民经济补偿。大家一向纯朴,再说也是对我江家的信任,都纷纷签了名。可是自打他修了人工湖，后果你都看见了，田地里的小屋根本不是赶尸用的，而是一眼眼抽水的机井，可机井再多，没有地下水也是白搭。愤怒的幺姨再去找周威理论，却被人工湖阻挡。情伤加上受骗，她从此就神志不清。我家生怕村人知道了耻笑，才捏造了落洞女的说法。"

"可是，水资源国家所有，怎么能被私人独占？我们找他打官司！"罗青怒不可遏。江之莱叹息一声："你知道我用什么来念大学的吗？正是周家每年给的补偿。多年来寨子里的人已经对补偿产生了依赖，即使有了水也不肯侍弄庄稼了，这个官司打不得！"

罗青默然，她扫了一下四周，又惊叫起来："幺姨呢？你没有救起她来？"江之莱悲哀地摇摇头。罗青急得站起来，忽然看见不远处有处电闸箱。学过机电课程的她一眼就认出来，这是三台地下水泵的开关，看电线走向，水泵就在水底，是供给人工湖水源的来源。而且人工湖有着巨大的出水口。只要关闭水泵，湖水很快就会泄清的。想到这里，罗青快步走过去就要关电闸，却被又一个看管电闸的保安拦住了："不可以！"

罗青怒不可遏："有人掉进人工湖了，你们不关水泵，我告你们谋杀罪！"保安显然被这个罪名吓住了，他慌不迭地打电话给老板周威，然后回复："老板说了，停止水泵可以，但是，你们罗家寨的经济补偿会取消一年！"罗青刚要答应，江之莱却一拉她的手："这是我一年的大学开支啊，我看还是算了吧，落水这么长时间，一定没救了。"

罗青像第一次认识了对方似的，看了一眼江之莱，说："不，我一定要救幺姨，她是个苦命人啊。"两人正在争执，云洞洞口又钻出一个人来，她指着江之莱说："快停了水泵找幺姨啊，因为你就是她这个——

落洞女的儿子

来人是江之莱的母亲，她是听寨子里的人说，儿子同幺姨都进了云洞，才匆匆赶来的。她说出来的话让江之莱目瞪口呆。原来幺姨同周威的一场邂逅，竟有了身孕。但周威避而不见，这才使幺姨神志错乱。江之莱母亲生怕被寨子里的人笑话，才把偷偷生下来的江之莱，说成是自己的亲生儿子。

江之莱呆了半晌，忽然疯了一样关了水泵开关，然后扑通跳在胡里，疯狂寻找。湖本不大，片刻工夫，水深下降到一米以内，这时他也找到了幺姨的尸体。幺姨倒卧在三台水泵跟前，但她不是淹死的，而是捞到了相思骰子，嚼碎吞下肚去毒死的。植物学上记载，相思子，种子剧毒，整吞无恙，碎末0.5毫克即可中毒。这样的死法，该是幺姨最好的结局吧。

然而令人惊奇的是，幺姨的死揭开了一个可怕的真相，那三个水泵，抽取的是江家寨的三个水源，也就是所有的水源都被周威用来供给人工湖了。难怪身处湘西水乡的江家寨旱成这样！若非幺姨正好死在水泵前，这个秘密恐怕还很难揭开。

第二天，罗青下了江家寨。她要回去写状纸，控告罗威，以慰幺姨在天之灵。

社会万花筒之中国好故事系列丛书

谢谢你还我的脸

美女与乞丐

文强是一名年轻画家，苦攻中国山水已有小成。这一年他只身来到异国他乡学习油画技法。他所在的这个城市以油画艺术闻名，另一个特点就是有着诸多的银行，号称世界金融中心。为了减轻生活的负担，文强上午学习，下午在市中心广场给人画素描像赚钱。

这天下午，文强的画摊前来了位名叫林雅妮的中国姑娘。她容貌美丽，一身珠光宝气，让年轻的文强心如鹿撞。"这位先生，能给我画幅像吗？不过不要铅笔素描，要中国水墨画。""当然能。"文强话一出口又踌躇起来，他这里没有画水墨画的墨汁。林雅妮一笑，打开一个随身的古色古香的盒子，里面瓶瓶罐罐的真不少，还有几张类似人的皮肤的东西。文强觉得好奇，正要细看，林雅妮已把盒盖合上，

我的美丽妈妈

递给他一个黑颜料瓶子。文强抄起一支狼毫大笔,沾着这颜料画起来,林雅妮在旁边目不转睛地看着。

广场,阳光,一群群飞翔的鸽子,还有面前美丽的姑娘,文强的感觉好极了,笔下发挥出最高水准,引得林雅妮一阵阵的惊叹。这时,边上一名警察忽然走过来,彬彬有礼地说道:"现在已是中午12点,按本城法规不让摆摊,两位还是换个地方吧。"这位警察平时对文强不错,前几天还帮他撵走18K的小混混,不过遵守制度近乎死板。文强遗憾地看一眼画作,可惜还没有完成呢,正要收拾摊子,林雅妮伸手拦住了。她对警察说:"看您的样子,也该有东方血统吧,可否让大画家完成这幅画像再走?"警察耸肩一笑,露出一对好看的虎牙:"我祖父是中国岭南人,我的中文名叫李察,而且我也非常喜欢中国画。不过,这里是法制的国家。"

没办法,文强只好把画了一半的人像画交给林雅妮,然后收拾画具打算离开广场。林雅妮拿着画赞不绝口,连连称赞:"中国画太神奇了,只画了半幅就画出人物神韵,请问您的技艺师承何人?"文强淡然一笑:"我是民国初期国画大师张承千的再传弟子。"林雅妮的美目顿时发出光来,说:"难怪画得这样好!可这画要是不补全实在可惜,您能不能去我家里继续画完?"文强面对美丽的林雅妮,哪有不答应的道理,当即回答:"愿意效劳。"

文强随着林雅妮乘上出租车,一路急驰,竟到了穷人聚居的郊外。文强有些纳闷,看林雅妮的打扮应该非常富有啊!车子"嘎"的一声停在一所破烂的大房子前,林雅妮笑容满面地替他拉开车门，说："大画家，请。"文强下了车越看越疑惑，这所房子像刚经历了一场火灾，真称得上家徒四壁。进了屋，林雅妮向他介绍了自己的父亲梁桑。梁桑一身破烂，蓬头垢面，简直就是一个乞丐。文强回头看看穿着入时的林雅妮，心里暗想这家一定穷困潦倒，雅妮在娱乐场所工作，所以父女才有这么大的反差吧！

梁桑已经六十多岁了，别看穿得破，狮子鼻，方海口，相貌举止雍容华贵。等文强把林雅妮的肖像画完，他看完后不置可否，问："听说您师承张承千，不知跟他怎么论？"文强恭敬地说道："我叔叔是张大师的亲传弟子，我算再传吧。"话音刚落，梁桑的态度就变了："我也非常崇拜张大师！小伙子，我要请你吃顿家宴，宴后有事相求。"

文强心里暗笑，这副样子还请家宴呢，但表面上没敢露出来，怕林雅妮难堪。梁桑父女领着文强直奔后院，原来这座房子有两进，屋后还有屋。一进后院文强就愣住了，这里就像宫殿一样金碧辉煌！

半幅国画

等梁桑换了衣服出来，文强简直看傻了眼：只见他西装革履，大腹便便，加上下颌一把大胡子迎风飘拂，哪还像乞丐，根本就是颐指气使的国王！这一顿家宴异常丰盛，有牛柳、三文鱼，还有许多文强叫不出名字的山珍海味。席间梁桑解开了他的迷惑，原来当地黑社会十分猖獗，有一伙18K

我的美丽妈妈

党还专爱对华人富翁下手,这些日子梁桑总觉得有人在暗中监视着他们,所以才故意宣告破产,又在前院伪造了一场火灾事故,以示他成了穷光蛋,但后院还是保持原貌。文强表示理解,这里的治安确实不怎么样。

饭后,梁桑带着文强还有林雅妮来到屋子东北角,不知在什么地方一按,便现出一条黑幽幽的地道来。三个人鱼贯而入,来到地道尽头的一间石室。梁桑先关紧石门,又里里外外检查了一番,确认没有窃听器摄像头之类,才从地下撬开石板,取出一口箱子来。箱子里满是国画卷轴,任何一幅都让文强目瞪口呆,这些都是历代大师的名作啊!而且照他的眼光看,绝对不像赝品。但梁桑对它们一点都不重视,轻轻放在一边,然后郑重其事地拿出底下一卷画来。画卷展开,文强惊讶得叫出声来,这是张承千的真迹《秋思》啊!可惜的是,这幅国画只有半幅,另半幅像被人生生撕掉了。

梁桑有点激动地说:"小伙子,你以前见过这幅画吗?"文强点头:"这幅画是张承千大师晚年所作,本来用于赠友,所以外界没有流传,但我叔叔曾经见过,后来凭印象画出来让我揣摩。""那么,你能不能补出另一半?一模一样的?""能!"文强非常肯定。梁桑兴奋得眼泪都流出来了,马上又察觉自己的失态,掩饰地擦了下眼镜。文强冷静地说:"在我补出下半幅之前,你能不能先讲讲这幅画的来历?"梁桑应了声"好",便讲起来。

事情还得从年前那场金融风暴说起。他和生意上的伙伴、金融大亨焦林联手出击,在世界金融市场上斩获了天文数字的利润。两人约好,这笔钱暂时不要分掉,先存入国际银行,等下一次金融风暴来临时,再次用这资本联手出击。当时两人存钱用的是惯用手法,即把钞票都兑换成黄金券,以防通货膨胀,然后把黄金券放入这座城市银行的7号保险箱。但银行保险箱不用钥匙,用的是八位密码,当时两人想如果一同设的话,难保另一位不会私自提走。要是各设四位数,又怕其中一人给忘了,毕竟年龄都大了,记在本子上又怕丢。这时工作人员正催得紧,也是一时情急,梁桑想起刚买的张承千的《秋思》,两人都还没顾上看,便取出来把画撕成两半,然后一人拿一半,按画上景物的数目设密码,每人四个。不想焦林后来乘飞机失事,连人带画全毁了。后来梁桑想方设法查阅各种资料,但都查不出《秋思》的原样,原来这画从未在世上公开流传过。这么一来,那天文数字的财富只能在保险箱里睡大觉了。后来林雅妮在广场上听文强说他是张承千再传弟子,这才引他上门。

　　文强听完也不推辞,取出纸笔就在这石室中挥毫泼墨,半天的工夫便大功告成。画中内容其实是来自马致远的小令《天净沙·秋思》:"枯藤老树昏鸦,小桥流水人家,古道西风瘦马。夕阳西下,断肠人在天涯。"只见枯藤缠绕,老树嶙峋,数只寒鸦呆立枝头;小桥独卧,流水潺潺,一个行人独倚马下。一旁的林雅妮不住地赞叹:"好悲凉的意境,不愧是一代大师张承千!"又问:"那密码藏在哪里呢?"文强一听扭头就走,这叫避嫌,自己毕竟是个外人。梁桑一把拉住:"别,画是你补出来的,你也来听听。"

他保存的是左半幅，画上一段枯藤，三棵老树，树上七根枝条，两只乌鸦。密码前四位就是"1372"。再看右半幅，两座小桥，三泓碧水，水旁四个行人，看着天边一抹夕阳，应是"2341"。末了梁桑对文强说："明天你陪我们取款吧，到时候我将重重酬谢你。"文强有些不知所措。梁桑看见他的样子笑道："我的女儿也不小了，正所谓女大当嫁，她对你似乎印象不错呢。"文强一下子红了脸，看一眼林雅妮，发现她正含情脉脉地看着自己。

三个人回到地面，天色已黑了。梁桑找了个借口，关门出去了。晚饭是林雅妮陪文强吃的，自然温馨无比。饭后林雅妮给文强安排了房间，然后关门出去。文强等脚步声渐渐消失，一骨碌爬起来去推门，发现外面锁上了。这时他游目四顾，才发现这间房别看装修华丽，却像个监狱，只有后墙有个窗户，虽然开着，但是非常高，站在桌子上还是够不着。

一时间，文强汗都流下来了，他这才明白了自己的危险处境。不多时，门外传来很多人的脚步声，似乎正朝这里走来，而且夹杂着铁器的撞击声。文强暗自叫苦，这才是羊入虎口呢，一回头，发现后窗不知什么时候多了条绳子，晃晃悠悠地垂到地面上。危急时刻他顾不上多想，伸手抓住绳子爬出窗户，然后跳下去奔向茫茫夜色中。

国际甲级通缉犯

作为这座金融城市最大的银行，是提供24小时服务的。

社会万花筒之中国好故事系列丛书

当午夜的钟声敲响时,一位风衣墨镜的客人走了进来。他径直来到银行7号保险柜面前,输入密码。忽然,电脑发出刺耳的提醒声:"您输入的密码不正确。"然后保险箱发出"咔咔"的声音,自动锁死。工作人员告诉他,按规定十天后才可以再次尝试开保险箱,而且若是连续三次输入不正确的话,他们将会报警。

客人呆了一下,然后朝工作人员抱歉地一笑,指指自己的脑袋,意思是记错了。当他走出银行大门时,角落里忽然冲出两条大汉,强行把他塞到一辆加长的汽车上。车里有个人正静静地等着他,正是梁桑。

梁桑微笑地看着被绑架上车的客人,示意大汉们下车去,这才轻轻说道:"文强,你胆子这么大,看来不只是画家这么简单吧?"文强眼里充满血丝,瞪了对方一眼说:"我是如假包换的张承千再传弟子,不过《秋思》的下半幅我是在我父亲焦林那里看到的。尚良,你想不到吧?"

原来这个梁桑本名叫尚良,他根本就不是什么金融富翁,真实身份是中国外逃的贪官,国际甲级通缉犯。而跟他合作的焦林,则是跟他合伙贪污的另一个大贪官。银行保险柜里的天文数字的黄金券,其实就是两人贪污的赃款。后来事情败露,焦林被捕入狱,尚良改名梁桑,带着他的秘书兼情人林雅妮逃到了这里,以便伺机取出银行的巨款。可是很快,他就发现国际刑警也追到了这里,这才假扮乞丐,好逃过追捕。

文强鄙夷地看了一眼尚良,说:"我是焦林的儿子焦

我的美丽妈妈

文强。父亲被捕后，幡然悔悟，他跟政府说出了所有秘密，也包括那半幅《秋思》。他交代我，一定要想办法取出黄金券，还给祖国，尽量减少国家的损失，所以我才在这里的广场画素描。你想利用我，我也正等着钓出你呢。可是，密码怎么会不对呢？"尚良哈哈大笑，然后凑到焦文强耳朵边上轻轻说："我怎会对你一个外人放心呢？所以《秋思》上的乌鸦我预先擦去了一只！"

原来是这样，焦文强恍然大悟。不过他心里暗暗发笑，这个大贪官尚良绝对想不到，自己也留了一手呢。但是尚良马上看出了他的意图，说："你知道后窗的绳子是谁放的吗？也是我，我早就料到你会在画里耍鬼，就来了一招欲擒故纵。你刚才按密码的一幕，我都用高倍望远镜看了个清清楚楚，你多画了一座小桥，是吧？这下都对了，十天后保险柜启封，我将把钱打到人间天堂夏威夷，好好享受人生。"

焦文强的心彻底掉到了谷底，他这才知道，自己面对的是一只真正的老狐狸。他听见尚良在叫那些大汉："现在该请焦先生上路了。"忽然，尚良又止住了大汉们："看他的身高体态，跟我倒是很相似。那我就再玩一把，让焦文强先生重新做一回人吧。"这是他听到的最后一句话。

金蝉脱壳

等焦文强醒来，发现自己躺在市中心广场上，脸上皮肤发硬，像是罩了什么东西，可是细摸又没有。他看看四周，好像没人注意到他。这时楼顶大钟敲响了,焦文强抬头看了一眼,忽然发现按大钟日期显示,自己竟整整昏迷了十天。他觉得肚子饿得厉害,掏衣兜想买点食物,可衣兜里空空的,不光没有钱,连最重要的身份证件和护照也没有了。

这才是真正坏事了,没有护照的话,如果遇到警察就麻烦了。真是怕什么来什么,一辆警车驶到面前,一个警察跳下来,看见焦文强就像看到一件宝物一样,飞快地抽出一张纸片连看几眼,然后过来问:"先生,您的证件呢?"焦文强茫然地摇头,说丢了。那位警察哈哈大笑,说:"您是尚良先生吧,国际通缉榜上排名前十呢!我是哈里警官,请跟我到警察局去。"

焦文强还没明白怎么回事,就被警察哈里押入警察局。焦文强反复说自己是中国画家,还讲了这几天的遭遇,但哈里根本不相信。他把一面镜子递给焦文强,文强一看就傻眼了:镜子里的自己活脱脱就是尚良!

刹那间焦文强彻底明白了,他想起了尚良讲的那句话:"让焦文强先生重新做一回人吧!"他一定是给自己做了整容手术,顶替他被警察抓住,好争取时间取出钱来金蝉脱壳。

忽然,焦文强又叫起来:"我是中国画家焦文强,我的指纹和尚良是不一样的。"哈里把手一摊:"很遗憾,通往中国的海底电缆被地震震断了,尚良的身体特征明天才能传来,所以,只能明天再确认身份了。"焦文强苦笑一声,抬头看了眼头顶的大钟,现在是9点,到今晚12点,也就是三个小时后,保险柜就正式启封了。到时候尚良从容取出钱来，坐夜间班机离去，明天就是证实了自己的身份，又有什么用呢？

这时，另一名警察走了进来，是李察！焦文强像见了救星，连忙喊起来："我是在广场画画的焦文强啊，你该听过我的声音。"李察狐疑地看了他一眼，然后点头："听声音真差不多，可是样子完全不像。"焦文强急中生智，跟警察要了纸笔，很快画出一幅山水。李察看了几眼脸色就变了："这是张承千的笔法，尚良不可能会的，这么说你真是焦文强？快说说，到底是怎么回事？"

焦文强一五一十地讲明经过，哈里警官就像听天方夜谭，怎么也不相信。只有李察的神情越来越凝重："我相信你说的都是真的，因为我就是负责这个案件的国际刑警，而且，我也吃过好几次易容术的亏。"

说到易容术，李察就打开了话匣子。他的祖父是岭南人，曾经讲过一段传闻，说岭南有一林姓世家，从唐代以来就精通一种神奇的易容术，能利用人皮、药物、颜料把一个人的面貌变成另外一个人，而且音容表情不受任何影响，事后也只有林家的人能解除易容。到了现代，他们利用电脑的数码分析技术，更是把易容术发展到神乎其神的地步，据说把一个男人易容后，连他老婆都看不出丝毫破绽。

说到这里李察气得直咬牙，看来那个林雅妮一定是岭南林家的人了，她和尚良简直成了千面人，李察曾在本市车站广场所有热闹的地方布下天罗地网，可每回都被他们通过易容逃脱。甚至还伪造了一场火灾，把自己打扮成穷光蛋，从

社会万花筒之中国好故事系列丛书

从容容留在本市伺机取出银行巨款。李察面对这样的高手也是束手无策，万般无奈下，他只好扮普通警察，注意所有会画画的人，希望能找到一些线索。

焦文强听到这里，忽然想起林雅妮的神秘小盒子，不用问，定是易容的东西，看来要想解除这副容貌，还得找她才行。这时墙上钟声响了，已是晚上10点。焦文强听完心里一惊，慌忙抓住李察的手说："快，他今晚12点会去银行取黄金券，咱们只要守住7号保险柜，一定能抓住他。"李察也兴奋起来，马上请哈里带本市警察帮忙，好抓住这位国际甲级通缉犯。

午夜，一辆警车隐蔽在黑暗处，车里坐着焦文强和李察。两人的眼睛直盯着银行的大门，期待尚良现身。钟声敲过12下后，一个戴墨镜的胖老头出现了。李察皱了皱眉，觉得看上去不大像。但焦文强的话打消了他的疑虑："他大概是易了容，错不了的。"

胖老头缓缓走上台阶，走了进去。李察和焦文强悄悄下了车跟进去。只见胖老头走到7号保险柜前，按完密码，正要开保险箱，李察一声口哨，早有化装成银行工作人员的警察扑上去，把老头摁在地上。李察一步上前，摘下了老头的墨镜，却大吃一惊：这人竟是本市的一位资深议员！

李察头上的汗马上就流了下来。他立刻拉开保险柜，哪有什么黄金券，只有一个戒指孤零零地放在里面。这时老头火冒三丈，指着警察破口大骂："我来给我太太取个戒指也犯法吗？我要找你们局长去！"哈里警官阴沉着脸看李察，李察只好一个劲儿向老头说好话，然后带人回警局。

焦文强也傻眼了，他没想到会是这种结局。忽然，他又想起了一件事，说："我知道他的住址，他的地下室有好多名画，都是我国的艺术瑰宝。"李察看看焦文强，想了想，这才吩咐汽车司机转向，按焦文强说的方向开去。

不多时，汽车来到那所破房子前。焦文强向他们解释，别看这房子外面破，后院可是金碧辉煌。可是他们进到里面一看，里面更破，是个典型的乞丐窝！哈里马上怀疑上了焦文强："你是在编故事吧？把他铐起来！"李察慌忙拦住，他还是相信焦文强的，不过还是安排他和另一个警察留在车里，由哈里他们去搜查。

不大工夫，李察和哈里他们就气冲冲地回来了，原来屋里根本没有尚良，倒是有个女的，但是个乞丐。他们还按焦文强说的，挖了房子的东北角，可下面是有上万年历史的花岗岩。哈里向李察建议，立刻押回焦文强严加审问，说不定他就是货真价实的尚良呢，要不就等明天指纹资料来了再说。李察一个劲儿地摇头，他对焦文强还是非常信任的。哈里本来就为得罪了议员惶恐不安，见此情景发起了脾气："国际刑警先生，我们今晚另有任务，请你自己处理吧！"说罢率领手下开车离去。

李察只有苦笑，对方并不是他的下属，要走他也没法拦。焦文强看着很不是滋味，说："要不我自己去看看吧，我对这里熟。"李察看着他的脸若有所思，点头答应，然后把一支枪塞给他。

将错就错

焦文强走进后院,推开门,刺鼻的尘土扑面而来。看里面灰尘满室,让他都怀疑是否走错了地方。这时一个人影扑上来,竟是一个女乞丐。他正要挡开她,对方娇滴滴地说:"良哥,你这几天跑到哪里去了?刚才警察上了门,要不是我动作快,就被他们看出马脚了。"

焦文强这才明白,这女乞丐就是林雅妮,看面容比广场上老得多,想必也是易了容的。看样子她还不知道尚良给自己易容的事,所以才会认错人。当下他灵机一动,模仿着尚良的口气说:"现在风声紧,快打开密道,取了画赶紧走。"林雅妮果然把他当作尚良,转身按了一处按钮,屋子地面忽然旋转起来,东北角的洞口露出来了,焦文强这才明白,真是高科技啊,难怪警察找不到。

林雅妮下了地道,焦文强在后面跟着。到了石室后,林雅妮撬开石板,取出铁箱后便垂手站在一旁。焦文强怕有机关,便示意林雅妮打开。林雅妮奇怪地看了一眼焦文强,俯身打开了箱子,顿时,一幅幅国画卷轴露了出来。焦文强激动万分,这些都是国宝啊,他正想俯身取画,忽然一个硬东西顶在他脑门:"你究竟是谁?"

焦文强抬头,发现林雅妮手握小手枪,怒目圆睁瞪着他:"尚哥从来不让我碰他这个箱子,你一定是冒牌的,可是怎会这么像?"焦文强暗暗将手伸到腰里摸枪,同时说:

我的美丽妈妈

"我被他易了容,可是没想到我很快证实了自己的身份。你想知道我怎么证实的吗?"林雅妮刚说了声"想",焦文强已飞快地打掉了她的手枪,同时用自己的枪抵住她:"因为我会画中国画!"

焦文强说到这里,便命令林雅妮把铁箱搬出石室。林雅妮似笑非笑地说:"你先别急,我们尚哥前些日子跟18K党做了笔交易,雇了几个保镖,你是否打得过查理和汉森呢?"话音未落,焦文强的手枪就被两个彪形大汉打掉了,文弱的焦文强哪是他们的对手,三两下就险象环生。正在危急关头,忽然石室门口又冲进几个人,原来是李察带人及时赶到了。其实他一直跟在焦文强后面,现在有古画做证据,他就可以名正言顺地逮捕林雅妮和她的手下了。

李察厉声问:"说!尚良现在在哪里?"林雅妮苦笑一声:"我也不知道,自从那晚焦文强逃跑后,他追出去就没回来。现在,只怕他取了款远走高飞了吧。"李察摇着头说:"不可能,我们抓住一个开7号保险柜的人,可根本不是他,而且保险柜里根本没有黄金券。"

这时,旁边的焦文强叫起来:"不好!箱子里的古画都被掉了包,变成假货了!"林雅妮听了,气急败坏地骂起来:"这个老狐狸!学了我的易容术,居然连我也想抛弃了,看来他是想独自拿着钱逃跑。"说到这里,林雅妮抬腕看了看表,说道:"既然他抛弃了我,我就都告诉你们吧。其实你们上了老狐狸的当了,藏黄金券的是70号保险柜。十天前焦文强一补完《秋思》,他就奔70号保险柜了。可是密码不对，保险柜锁死十天，他才又耍了个欲擒故纵之计，弄到了真正的密码。70号保险柜启封的时间是昨天下午7点，你们上银行查就全明白了。"

李察连忙打电话给银行，表明身份后，对方告诉他，70号保险柜几小时前被客户打开过，所有黄金券都被换成美元转到外国账户，地点无可奉告。李察听完长叹一口气，这老狐狸巨款到手，一逃到别国就更难抓了。忽然焦文强想起一件事来："我记起来了，他说一拿到钱就打到夏威夷的账户上，会不会去那里？"

李察闻言急忙拨通了机场的电话："去夏威夷的班机几点起飞？什么？一个半小时后？"

经过在公路上的半小时狂奔，李察带着焦文强和林雅妮赶到了机场。警察局接到电话后也派人来了，众多警员来到候机厅，仔细打量每一位候机者。

焦文强独自扫视着东候机厅，一个一个看过去，却没有看到尚良的面容。当他正准备转身走时，忽然看到一个有着东方人面孔的人好生面熟，却想不起来他究竟是谁。这时哈里警官走过来，问道："焦文强先生，有发现吗？乘客马上要登机了。"这一叫把焦文强叫醒了：对啊，这人的面貌正是自己的面貌！他明白了，尚良把自己和他的模样来了个对调，好搅乱警察视线，以便乘机取款外逃。好一招李代桃僵之计！

焦文强马上凑到哈里耳边，讲明内里玄机。没想到哈里耸耸肩，说："你说他就是尚良？可是面目特征完全不像。而且他有全套合法证件,我们是法制国家,光凭你说的什么易容术是不能抓人的。"其实也难怪哈里这样说,那天错抓了议员,他被局长好一顿训,所以现在不得不处处小心谨慎。焦文强没办法,只好跑去找李察,李察一听也皱起了眉。

这时,那边把自己易容为焦文强的尚良也发现了李察和焦文强,但他装得像没事人似的,还点头微笑示意。这下把焦文强和李察的肺都要气炸了,可是有什么办法呢?李察苦笑着说:"除非他自己指着鼻子说他就是尚良,不然我们还真拿他没法子。"然后他对着电话吼起来:"电缆修得怎样了?尚良的指纹到底什么时候能送来?"

谢谢你还我的脸

尚良坐在候机大厅里,他的心情好极了。细细回想每一个细节,都堪称经典之作。即使现在面对警察他还是泰然自若,在这样一个法律至上的国家里,没有露出任何破绽的他相当安全。这时他忽觉有些内急,忙走进不远处的厕所。这时两名墨镜风衣大汉迎面过来,擦身而过时,突然一左一右拧住他的胳膊,把他摁到墙上。尚良大惊,忙喊道:"这是国际机场,你们要干什么?"一个大汉"嘿嘿"一笑:"我们18K党收人钱财替人消灾,实话告诉你,我们受尚哥雇佣,只要看到你焦文强就格杀勿论!"尚良透过墨镜仔细打量了一下两人,忽然笑了:"是查理和汉森啊,我就是你们的尚哥啊!"两个大汉左看右看,越看越恼,说:"你胆子够大的,敢冒充我们的尚哥!"说着拔出砍刀,照着尚良就要砍下来。

"等等!"尚良知道这伙人什么事都做得出来,忽然笑了笑说:"我们中国的易容术是很神奇的,今天我就让你们开开眼,等我一分钟好了。"说着取出一瓶透明液体,涂到脸上一阵揉搓,变戏法似的很快露出一副狮鼻海口的胖脸来。查理和汉森的眼珠子都瞪圆了:"天哪,你真的是尚哥,不是焦文强?""不是。"尚良笑着说。没想到大汉的口音也跟着变了:"那我也不是18K的查理,我是国际刑警李察。"汉森也摘下墨镜:"我才是货真价实的焦文强,我的脸还是我自己用吧!"

原来这两位18K党人是李察和焦文强易容的,不用说自然是出自林雅妮的手艺。林雅妮现在对尚良恨之入骨,自然相当配合。其实这也是兵行险招,一旦被尚良看出破绽,大嚷起来,恐怕就不好收场了。但是若真等尚良的指纹送来,尚良早就登机远走高飞了。

尚良被押上警车,一眼看到了车里正瞪着他的林雅妮,不由心中哀叹棋差一着,全盘皆输。随后李察和焦文强也上了车,李察紧紧握住焦文强的手,感谢他的大力协助。焦文强却若有所思地说:"我是在替我父亲赎罪,但愿今后这样的事越来越少……"